내 인생을 바꾸는 황금 노트
변화와 성공을 부르는 황금률

초판 1쇄 인쇄 | 2003년 10월 20일
초판 1쇄 발행 | 2003년 10월 25일

지은이 | 김동범
펴낸이 | 김철수
편 집 | 유정림
디자인 | 김현민
마케팅 | 김진태 · 김규형
관 리 | 최경석

펴낸곳 | 아이디북
등 록 | 1988년 2월 27일 제8-44호
주 소 | 서울시 마포구 상수동 231번지 호수빌딩 301호
전 화 | (02)322-9822~5 | **팩 스** (02)322-9826

ⓒ 아이디북
ISBN 89-903510-3-0   03810

내 인생을 바꾸는 황금 노트

변화와 성공을 부르는
황금률

내 인생을 바꾸는 황금 노트

변화와 성공을 부르는
황금률

전문 컨설턴트 김동범 지음

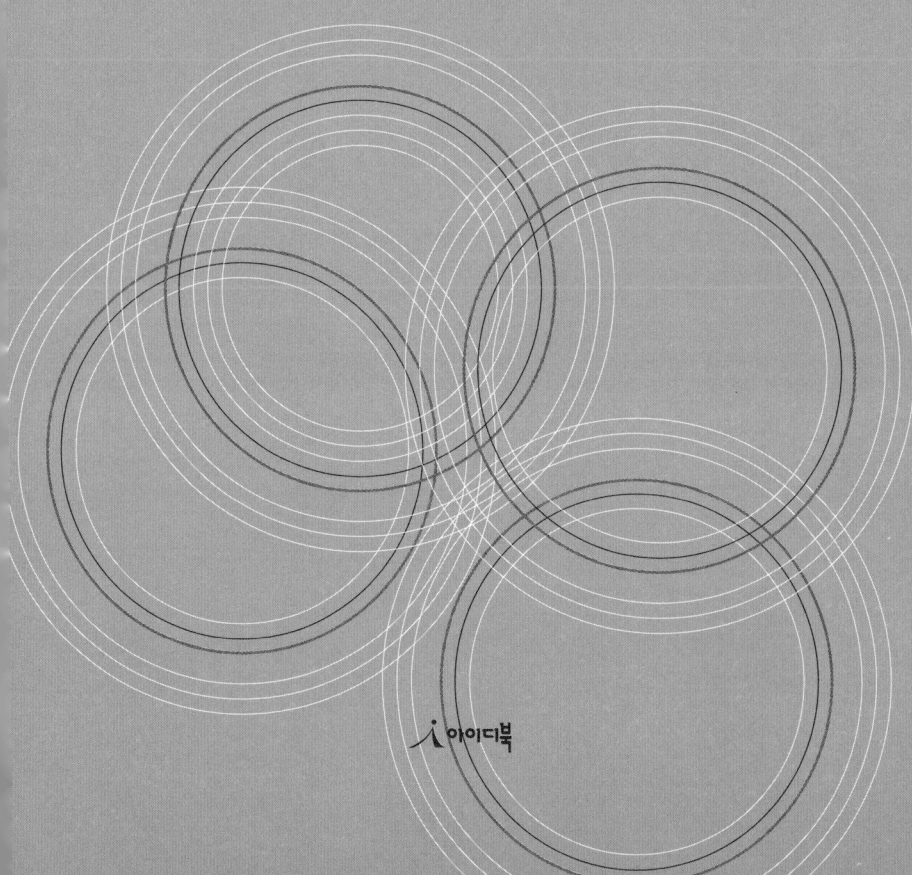

ⅰ 아이디북

성공하는 사람들을 위한 인생의 황금률

사람은 누구나 사회적으로 성공하기를 바라며, 그와 동시에 개인적인 행복을 추구합니다. 사회적 성공은 개인이 하고 있는 일(직업)에서의 성공을 말하는 것이고, 개인적인 행복은 이러한 사회적 성공의 밑바탕 위에서 얻어지는 만족감을 의미한다고 할 수 있습니다. 우리가 교육을 받고 시험을 치르는 것도, 사람을 만나는 것도, 직업을 찾아 일터에서 생활하는 것도 경제적 풍요를 일군 다음 성공의 열매를 따서 행복하게 살기 위해서일 것입니다.

따라서 직업에서의 성공은 개인적 행복의 척도가 되며

그 어떤 가치보다도 높다고 할 수 있습니다. 이와 같이 우리 인생에서 최상의 목표인 행복을 추구하기 위해서 건너야 할 강은 바로 성공이란 관문이지만 이에 다다르는 과정에는 수많은 걸림돌을 만나기 마련입니다.

그럴 때 메마른 가슴을 시원하게 적셔주는 샘물과 같이 올바른 삶의 길을 제시해 주는 체험적인 교훈과 처세술과 관련된 지혜가 함축적으로 담긴 희망의 메시지는 더 없이 반가운 스승이 되어줄 수 있습니다.

하루 25시간을 바삐 살아가면서 성공과 부를 움켜쥐었던 성공인들의 가슴 한 켠에는 성공을 향한 열정을 불러일으키게 해주는 인생의 황금률이 늘 아로새겨져 있었음을 우리는 상기해야 합니다.

동서고금의 성현들과 선지자들이 그들의 혜안을 벗 삼아 피력한 성공과 관련된 명언, 글, 잠언시, 금언, 에세이 등의 아포리즘(Aphorism)이 바로 그것입니다.

성공한 사람들은 자신만의 성공 황금률을 갖고 있었습니다. 그들은 성공과 관련된 글을 마음에 새기며 이를 통해

처세술을 터득함으로써 어렵고 힘든 순간을 극복할 수 있는 지혜를 발휘했고 마음의 소양을 쌓는 시금석으로 삼았던 것입니다.

이 책은 전 세계의 CEO, 정치인, 학자, 전문 세일즈맨, 컨설턴트 등 자신의 분야에서 성공한 사람들이 전하는 성공 인생론입니다.

성공은 성공을 원하는 사람들의 것입니다. 성공한 사람들은 자기만의 특별한 좌우명을 세우고 하루하루 성공을 향해 힘찬 날개를 펼쳤습니다. 당신 또한 매일 아침, 하루에 한마디씩 성공을 부르는 희망의 메시지를 가슴에 새기고, 당신이 꿈꾸는 성공 인생을 만들어가길 바랍니다.

2003년 10월

전문 컨설턴트 김동범

2장 용기

3장 시간

4장 인간관계

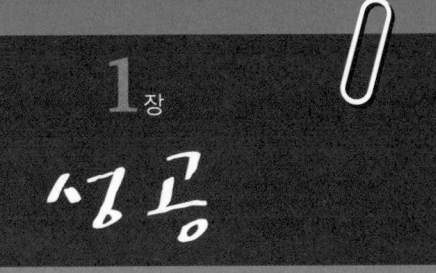

1장

성공

가장 높은 곳에 올라가려면 가장 낮은 곳부터 시작하라.

-푸블릴리우스 시루스 -

변화와 성공을 부르는 황금률 · 성공

1

성공

성공이란 무엇인가

자주 그리고 많이 웃는 것.
현명한 이에게 존경을 받고
아이들에게서 사랑을 받는 것.
정직한 비평가의 찬사를 듣고
친구의 배반을 참아내는 것.
아름다움을 식별할 줄 알며
다른 사람에게서 최선의 것을 발견하는 것.

건강한 아이를 낳든,
한 뙈기의 정원을 가꾸든,
사회 환경을 개선하든,
자기가 태어나기 전보다
세상을 조금이라도 살기 좋은 곳으로
만들어 놓고 떠나는 것.

자신이 한때 이곳에 살았음으로 해서
단 한 사람의 인생이라도 행복해지는 것.
이것이 진정한 성공이다.

-랠프 왈도 에머슨(Ralph Waldo Emerson : 미국, 사상가, 법학자)

한 신문사에서 우리나라 CEO들이 가장 애용하면서 늘 가슴 한편에 간직하고 있는 최고의 시를 조사한 결과 위의 에머슨의 시가 뽑혔다고 합니다. 진정한 성공이란 자신이 한때 이곳에 살았음으로 해서 단 한 사람의 인생이라도 행복해지는 것이라는 에머슨의 말이 너무 아름답게 울려오지 않나요?

성공이란 행복과 같이 그리 멀리 있는 것이 아닙니다. 주위에 있는 작은 것부터 하나하나 실천해 나가는 삶 속에서 성공은 우리 곁에 다가오는 것입니다. 당신의 인생도 아름답게 가꾸어 나간다면 어느 순간에 스스로 성공의 문턱에 다다랐음을 느낄 수 있을 것입니다.

성공 note

진정한 성공이란 나 자신으로 인해서 단 한 사람의 인생이라도 행복해지는 것이다.

기업가의 신조

나는 평범한 사람이 되는 것을 거부한다.
나의 능력에 따라 비범한 사람이 되는 것은 나의 권리이다.
나는 안정보다 기회를 추구한다.
나는 계산된 위험을 단행할 것이고
꿈꾸는 것을 실천하고 건설하며
또한 실패하고 성공하기를 원한다.

나는 보장된 삶보다는 새로운 도전을 선택한다.
나는 유토피아의 생기 없는 고요함이 아니라
성취의 전율을 원한다.
나는 어떠한 권력자 앞에서도 굴복하지 않을 것이며
어떠한 위협 앞에서도 굽히지 않을 것이다.

자랑스럽고 두려움 없이 꿋꿋하게 몸을 세우고 서는 것,
스스로 생각하고 행동하는 것,
내가 창조한 것의 결과를 만끽하는 것,
그리고 세계를 향해 기업가가 되었음을 힘차게 말할 수 있는 것,
이것이 바로 하느님이 내게 주신 자랑스러운 유산이다.

-미국 기업가 협회의 공식 신조 중에서

미국 기업가 협회가 새기는 공식 신조는 현재를 살아가는 우리들의 가슴에 성공을 향한 올바른 길을 제시해 주는 훌륭한 메시지입니다. 즉, 안일을 탈피하고 도전을 사랑하며, 평범을 거부하고 창조를 위해 몸을 곧추 세우는 신념을 가르쳐주고 있습니다.

훌륭한 경영자가 되려면 성취를 향한 사닥다리마다 자신의 피땀을 아로새긴 발자취를 남겨야 합니다. 일상에 젖은 샐러리맨보다는 기업가(CEO)가 되고 싶은 소망이 이루어지도록 노력합시다.

성공 note

훌륭한 경영자가 되려면 성취를 향한 사닥다리마다 자신의 피땀을 아로새긴 발자취를 남겨야 한다.

성공을 위한 세 개의 열쇠

어느 날 아인슈타인에게 제자들이 물었다.

"선생님은 본인이 이룩한 학문적 업적을 스스로는 어떻게 평가하시나요?"

아인슈타인은 물이 담긴 컵에 손가락을 살짝 담갔다가 꺼냈다. 그러자 손가락 끝에서 물 한 방울이 또르르 굴러내려 바닥으로 떨어졌다.

"내 학문은 바로 이 물 한 방울 정도에 지나지 않는다."

제자들이 다시 물었다.

"선생님은 어떻게 해서 그토록 위대한 학문적 성과를 이루셨나요?"

그러자 아인슈타인은 칠판에 'S=X+Y+Z' 라고 커다랗게 쓴 다음 말했다.

"S는 성공이다. X는 말을 너무 많이 하지 않는 것, Y는 생활을 즐겁게 하는 것, Z는 한가한 시간, 즉 휴식을 갖는 것이다."

제자들이 또다시 물었다.

"그건 박사님 같은 분 이야기이죠, 저희같이 평범한 사람은 거기다 무엇을 더해야 합니까?"

그러자 아인슈타인은 제자들에게 이렇게 말했다.

"아, 그럼 오히려 그 중 한 가지, Z를 빼라."

당신은 다른 사람들보다 부족한 부분을 어떻게 보충하고 있나요? 먼저 자신의 그릇을 정확히 잰 후 그보다 약간 더 큰 목표를 세워 뜻을 이루고, 그런 후에 또 더 큰 목표를 세우고…… 이런 상승작용이 나타나야 합니다.

성공의 문은 저절로 열려지지 않습니다. 무언가 남보다 월등히 재주가 뛰어나든지 아니면 더 많은 노력을 기울여야 합니다. 남과 똑같이 해서는 결코 성공할 수 없습니다. 성공은 그것을 이룩하기 위한 기본적인 인프라(Infrastructure)가 완전히 구축되어 있을 때 서서히 그 밑그림이 그려지는 것입니다.

성공을 위한 세 개의 열쇠는? 하나, 말을 너무 많이 하지 마라. 둘, 생활을 즐겁게 하라. 셋, 한가한 시간 즉 휴식을 가져라.

성공의 비결

성공의 비결은 목적을 향해 시종일관하는 것이다.
한 가지 목표를 버리지 않고 지켜 나간다면
반드시 희망의 싹이 틀 때가 온다.

성취하고자 하는 그의 의지를
꺾을 만한 것은 아무 것도 없다.
시종일관하는 자는 운명을 믿고
변덕 부리는 자는 요행을 믿는다.

사람이 성공하지 못하는 것은
처음부터 끝까지 한 길로 나가지 않았기 때문이지
성공의 길이 험악해서가 아니다.

한마음 한뜻으로 목표를 향해 최선을 다해서 나아간다면
쇠를 뚫고 만물을 굴복시킬 수 있다.
확고한 목표를 지닌 인간은
그것을 반드시 성취하도록 되어 있다.

성공하는 사람은 좋은 기회가 오면 즉시

받아들일 수 있는 마음가짐이 되어 있는 사람이다.
그리고 몸소 그것을 실행하는 사람이다.

-벤자민 디즈레일리(Benjamin Disraeli : 영국, 정치가, 작가)

  미국의 조지라드라는 사람은 젊은 시절, 3년이 넘도록
고생하여 광산을 파헤쳤지만 금맥을 찾지 못하고 결국 포
기하고 말았습니다. 그런데 다른 사람이 그 광산을 사서
불과 3피트(약 1m) 정도를 더 깊게 파보니 금맥이 쏟아져
나왔습니다. 그는 크게 뉘우치고 그 이후에는 오로지 한
길만 열징직으로 딜러서 세계 최고의 세일즈맨이 되었다
고 합니다.

  오로지 한 우물을 파는 것, 일단 목표를 정했으면 끝까지
밀고 나가는 추진력, 기회가 오면 놓치지 않는 포착력이 성
공 인생을 살아가는 데 필요합니다.

성공 note

성공의 비결은 목표를 정하고 시종일관 한 우물을 파는 것이다.

성공 인생의 길

인생을 이미 두 번째 살고 있는 것처럼 살아가라.
그리고 취하려는 행동을
첫 번째에 그릇되게 행동했던 것처럼 행동하라!
나무에 가위질을 하는 것은
나무를 진정 사랑하기 때문이다.

부모에게 야단맞지 않고
자란 어린이는 똑똑한 사람이 될 수 없다.
추위가 심할수록 오는 봄의 나뭇잎은 한층 푸르다.
해마다 하나씩 치명적인 버릇을 뿌리째 뽑아 버린다면
곧 가장 나쁜 사람도 좋은 사람이 될 것이다.

사람은 누구나 성공하고 싶어 한다.
그러나 성공의 길을 걸어가기 위해서는
제 힘을 알고 결코 무리하지 않으며
묵묵히 한 길을 걸어가야 한다.
평범하지만 이것이 곧 성공이 나오는 요술주머니이다.

－벤자민 프랭클린(Benjamin Franklin : 미국, 정치가, 과학자)

프랭클린은 미국 건국에 지대한 공헌을 한 사람입니다. 미국의 100달러짜리 지폐를 수놓은 초상화의 주인공으로, 또한 피뢰침을 발명한 과학자로도 이름이 높았습니다. 그는 항상 사람들에게 성공의 길을 걸어가기 위해서는 결코 무리하지 않으며 묵묵히 한 길을 걸어가야 한다고 말했습니다.

가끔 여기저기 기웃거리면서 가야 할 길을 찾지 못하고 망설이는 사람들이 있습니다. 그러다 종국에는 아무 길도 들어가지 못하고 맙니다. 어려움이 있더라도 그것을 극기하면서 앞으로 나아가는 용기가 필요합니다. 당신에게 누가 무슨 말을 하더라노 그것을 자신의 성장 에너지로 삼는 마음자세가 중요합니다.

인생을 이미 두 번째 살고 있는 것처럼 살아가라. 어려움이 있더라도 그것을 극기하면서 앞으로 나아가는 용기를 길러라.

결실과 장미

어떤 사람이 작은 나무를 심었는데
나무가 자라지 않자 빨리 자라게 하려고
나무에 도르래를 설치했다.

그가 힘을 가하자
이제 막 흙 속에 자리를 잡고
나무에 영양분을 공급했던 뿌리가
쏙 뽑혀 올라와 나무는 시들어 죽고 말았다.

나무는 서서히 성장해야 한다.
모든 것은 한 그루 나무와 같다.
크건 작건 간에 꽃들이 여기저기 피어 있는
아름다운 정원을 갖고자 하는 이는
허리를 굽혀서 땅을 파야만 한다.

소망만으로 얻을 수 있는 것은
이 세상에서 극히 적은 까닭에
우리가 원하는 가치 있는 것은
무엇이건 일함으로써 얻어야 한다.

당신이 어떤 것을 추구하는가 하는 것은 문제가 아니다.
그것의 비밀이 여기 쉬고 있기에
당신은 끊임없이 흙을 파야 한다.
결실이나 아름다운 장미를 얻기 위해서…….

–에드가 게스트(미국, 작가, 신학자)

　　에드가 게스트는 세계보이스카우트의 올바른 지도자상을 그린 「대장의 시」를 쓴 작가입니다. 이 글에서 장미는 저절로 그 아름다움을 간직하는 것이 아닙니다. 저 밑바닥까지 내려가서 손수 흙을 파고 거름을 주는 고된 일을 해야만 탐스런 결실을 맺을 수 있는 것입니다.

　　성공을 움켜쥐려면 일을 계획성 있게 추진하면서 끊임없이 아이디어를 창출해 내야 합니다. 스스로 낮은 곳으로 내려가 기반을 닦고 착실히 성공을 위해 준비하는 자세로 일하다 보면 어느새 높은 곳으로 올라와 있는 자신을 발견할 수 있습니다.

 성공 note

꽃들이 여기저기 피어 있는 아름다운 정원을 갖고자 하는 이는 허리를 굽혀서 땅을 파야만 한다.

지혜의 폭을 넓히자

산을 오르듯 인생의 하루하루를 살자.
가끔씩 정상을 바라보는 것은
목표를 마음속에 지니는 데 효과적이다.

하지만 한 걸음씩 오를 때마다
주변에 펼쳐지는 수많은 아름다운 경관을
꼭 감상해야 한다.

천천히 꾸준히 오르면서
모든 순간을 즐기자.

정상에 올라서서 아래쪽을 내려다보는 기분은
여행에서 맛보는 최고의 짜릿함과 다르지 않다.

—아놀드. V. 멜셔트(미국, 성공 컨설턴트)

우리의 인생은 산을 오르는 것과 같습니다. 한 걸음 한 걸음 산 정상을 향해 발길을 옮길 때마다 새롭고 아름다운 경관이 눈앞에 펼쳐질 것입니다.

당신의 인생은 어떻습니까? 인생의 종착지는 시야에 들어오지도 않았는데 너무 급하게 서두르고 있지 않나 되돌아봅시다. 우리에게 주어진 인생, 마음껏 즐기면서 멋있게 살아가야 하지 않을까요? 그런데 이렇게 살아가려면 앎의 폭이 넓고도 깊어야 합니다. 지혜로움 없이 저절로 생활이 즐거워지는 것은 아니니까요.

성공 note

산을 오르듯 인생의 하루하루를 살자. 천천히 꾸준히 오르면서 모든 순간을 즐기자.

강한 집념

하나의 목표 프로그램을 제대로 개발하는 데는
20시간 정도가 걸릴 정도로
목표를 올바로 설정한다는 것은 무척 까다롭다.

그래서 사람들 중에 고작 3% 정도만이
목표 프로그램을 소유하고 있다.

성공하는 사람은 모두 목표 프로그램을 가지고 있다.
그는 자기가 거칠 과정을 설정하고
거기에서 벗어나지 않는다.

그는 계획들을 입안하고 그것들을 실천한다.
자기의 목표를 향하여 곧바로 나아간다.
그는 자기가 가고자 하는 곳을 알고,
또한 꼭 거기로 가야만 한다는 것을 안다.

그는 자기가 하는 일을 사랑하고
자기 욕망의 대상에게로 자기를 데려다 줄
그 여행을 사랑한다.

그는 늘 열의로 불타오르고 있으며,
강한 집념으로 가득 차 있다.
이런 사람이 바로 성공한 사람이다.

- 지그 지글러(Zig Zigla : 미국, 대중연설가, 동기부여가)

『정상에서 만납시다』의 저자이기도 한 지그 지글러 박사
가 조사한 결과, 사람들 중에서 3% 정도만이 자신의 '목표
프로그램'을 갖고 있으며 이들만이 성공 인생을 살아간다
고 합니다. 그리고 똑같이 출발한 사람들 중 단지 3%만이
부자가 되고 자기 일에서 성공한다고 합니다.

당신이 맨 처음 출발을 어떤 방식으로, 어떻게 하는가는
인생의 출발점에 있어서 가장 중요한 요소라고 할 수 있습
니다. 비록 힘들더라도 성공적인 인생을 살려면 무슨 일을
하든지 반드시 철두철미하게 계획을 세운 후 실행에 옮기
는 습관을 길러야 합니다.

성공한 사람은 모두 자신이 정한 '목표 프로그램'을 가지고 있다.
그들은 자신이 거칠 과정을 설정하고 거기에서 벗어나지 않는다.

성공을 위한 5계명

첫째, 절대로 포기하지 마라.
포기할 수밖에 없는 최악의 상황이란 존재하지 않는다.

둘째, 성공을 확신하라.
성공에 대한 믿음은 성공을, 불신은 실패를 낳는다.

셋째, 항상 최선을 다하라.
지금 이 순간, 내 앞에 주어진 일에 전력을 다하라.

넷째, 자신을 사랑하라.
자기 자신에 대한 사랑은 모든 행위, 즉 삶의 대전제이다.

다섯째, 타인을 배려하라.
더불어 사는 삶 속에 성공과 행복의 진리가 숨겨져 있다.

-데일 카네기(Dale Carnegie : 미국, 인생경영 컨설턴트)

데일 카네기는 다양한 직업적 체험을 통해 모든 사람들에게 적용 가능한 성공철학을 구축한 20세기 가장 유명한 성공 컨설턴트입니다. 그의 인생론, 행복론, 인간관계론, 성공론 등은 오늘날 수많은 기업과 개인들에게 인간관계를 위한 고전으로 받아들여지고 있습니다.

그는 성공한 수많은 사람들의 사례를 연구하고 조사한 결과 성공 인생을 위한 5계명을 세우고 사람들에게 강조했습니다. 성공의 길은 어려운 것 같지만 어찌 보면 쉽게 이루어질 수도 있습니다. 당신이 어떻게 자신을 채찍질하고 그릇을 크게 하여 전문적인 지식과 삶의 지혜를 많이 채우느냐에 달려 있다고 할 수 있습니다.

성공 note

절대로 포기하지 마라. 성공을 확신하고 항상 최선을 다하라. 자신을 사랑하고 타인을 배려하라.

행복한 전사

오직 신념을 이해하고 또한 마찬가지로
단 하나의 목표를 충실히 추구한다.

부귀나 명예나 속세의 출세 따위를
허리를 굽히거나 누워서 기다리지 않는다.

인생의 싸움터에서 어차피 이들에게는
부귀와 명예가 따르게 마련이다.

마치 감로의 소나기처럼 머리 위에 퍼붓듯이…….

– 워즈 워스(William Wordsworth : 영국, 시인)

뚜렷한 목표의식을 갖고 있는 사람은 어떠한 유혹이나
실패에도 굴하지 않고 자기의 맡은 바 소임을 다하면서 목
적지를 향해 끊임없이 전진합니다.
당신이 자신의 목표를 이루기 위해서는 자신이 하고자
하는 일을 완수할 때까지 끝까지 분투하며 앞으로 나아가
는 신념과 열정이 있어야 합니다.

'하늘은 스스로 돕는다.' 는 말이 있습니다. 이런 이치를 인식하는 사람은 바로 묵묵히 제 갈 길을 올바로 걸어가서 마침내 성공의 문을 두드리게 됩니다.

인생의 싸움터에서 단 하나의 목표를 충실히 추구하면 부귀와 명예 가 따르기 마련이다.

불꽃처럼 살자

언제나 불꽃처럼 불타고 있는 것,
보석같이 격렬한 불꽃을 가지고
언제나 감동에 분기(奮起)하며 살고 있는 것,
이것이야말로 인생에 있어서의 성공이다.

성공이란 생활의 질을 바꾸는 것이지
양을 늘리는 것이 아니다.

재산, 지위, 권위, 명성, 명예, 지식……
이런 것들은 아무리 늘어나도
결국은 자신을 행복하게 해주지 않는다.
또한 사후까지 가지고 갈 수도 없다.

자기 인생의 질을 높여야만 성공은 오는 것이다.
그래야만 행복에 다가가는 것이다.

언제나 생기발랄하게 계속 불타고 있는 사람,
그 사람이야말로 진정한 인생의 성공자이다.

−르네 유그이씨(프랑스, 마술사)

당신은 진정한 성공이란 무엇이라고 생각하나요? 지금 당신의 마음속에는 간절히 원하는 어떤 것이 있을 것입니다. 그것이 무엇인지 알 수 없지만, 한 가지 분명한 성공의 법칙은 '성공에는 왕도(王道)가 없다.'는 것입니다. 어떤 일이든지 훈련과 반복만이 성공을 가져오는 지름길입니다.

각자 나름대로 성공에 대한 가치관은 다르지만 한 가지 분명한 것은, 오늘보다 내일이 더 알차도록 삶의 질을 높이고 마음이 풍요로워지는 것입니다. 자기가 현재 하고 있는 일을 즐기면서 열심히 하고 있는 것 자체가 성공으로 향하는 길입니다.

성공 note

성공이란 생활의 질을 바꾸는 것이지, 양을 늘리는 것이 아니다. 자기 인생의 질을 높이는 사람이야말로 진정한 성공자이다.

멀리보기

어느 날 노인이 뒤뜰에 사과나무 한 그루를 심는 것을 보고 한 소년이 물었다.

"할아버지, 그 사과나무에 열매가 달리려면 몇 년이 걸릴까요?"

"글쎄, 몇 십 년은 있어야 하겠지."

"할아버지, 그때까지 살아계실 자신 있으세요?"

그러자 노인이 허리를 펴면서 웃으며 말했다.

"아니, 내 나이가 몇 살인데 그때까지 살 수 있겠니? 네가 보기에 내가 그렇게 젊게 보이니?"

그러자 그 소년이 다시 질문했다.

"그럼, 왜 힘들게 사과나무를 심고 계시는 거예요?"

노인은 빙그레 웃으면서 과거를 회상하듯 말했다.

"여기 있는 이 감나무와 밤나무, 배나무는 내가 태어날 때부터 지금까지 맛있고 커다란 열매들을 주렁주렁 열고 있지. 나의 할아버지가 나를 위해 심어주셨기 때문이야. 그 덕택에 나는 이렇게 과일을 배불리 먹을 수 있는 것이란다. 지금 나는 우리 할아버지와 같은 일을 하고 있을 뿐이란다. 이 어린 묘목이 커서 언젠가는 반드시 맛있고 탐스런 열매를 나의 자손들에게 선물해 주지 않겠니?"

누구나 맨 처음 자전거를 배울 때 가까이 있는 지점만 바라보면 핸들의 중심을 못 잡고 쓰러졌던 경험을 갖고 있을 것입니다. 등산을 하여 기암절벽에 올라섰을 때 먼 곳을 쳐다보면 시야가 확 트이고 온 세상이 다 내 것인 양 마음이 부풀어 오르지만, 발 밑 바로 아래를 내려다보면 그 아찔함에 현기증을 느끼면서 자신도 모르게 공포감이 엄습해 왔던 적이 있었을 것입니다.

세상을 살아가는 이치도 이와 같습니다. 단지 한 치 앞만 보고 살아가다 보면 자칫 자그마한 일에도 조바심을 내게 되며 그것이 쌓이면 큰 일을 할 수 없게 됩니다. 이것이 바로 나무는 보고 숲은 보지 못하는 잘못을 저지르는 것입니다.

성공 note

나무를 보지 말고 숲을 보아라. 한 치 앞을 내다보는 사람은 나무를 보지만 큰 안목을 갖고 있는 사람은 숲 전체를 본다.

인생을 업그레이드하라

침묵의 가치를 알아라.
상대방의 말을 귀담아 들어라.
상대방을 칭찬할 줄 알아라.

주목을 끌어라.
흥미를 끌어라.
인심을 끌어라.

욕망을 갖도록 만들어라.
결정을 스스로 내리도록 도와주어라.
성공한 사람처럼 행동하고 느끼고 생각하라.

그러면 인생을 사는 것 같이 살면서
성공자의 반열에 오를 수 있을 것이다.

-프랭크 베트거(Frank Bettger : 미국, 톱 세일즈맨)

프랭크 베트거는 미국의 전설적인 생명보험 세일즈맨이
었습니다. 그는 집이 너무 가난하여 초등학교도 못 나왔지만 보험 세일즈 25년 동안 고객들을 찾아 무려 4만 회가 넘는 세일즈 방문을 했다고 합니다. 그러는 동안 그는 나름대로 가장 효율적인 영업 전략을 모색했고 그 결과 그의 성공 사례가 전 세계 세일즈맨들의 교본으로 읽힐 정도로 명예가 높은 성공컨설턴트로 활약하고 있습니다.

당신에게 주어진 환경이 성공하는 데 얼마간 영향을 줄지도 모르지만 그것이 당신의 성공을 좌우하는 결정적인 요소는 아닙니다. 얼마나 스스로 열정을 갖고 있는지, 자기 이미지를 업그레이드하는지에 따라 인생이 달라지는 것입니다.

성공을 향해 스스로 열정을 갖고, 자기 이미지를 업그레이드하라.

성공 인생 노하우

첫째, 말을 너무 많이 하지 마라.
말을 많이 하면 반드시 필요 없는 말이 섞여 나온다. 원래 귀는 닫도록 만들어지지 않았지만, 입은 언제나 닫을 수 있게 되어 있다.

둘째, 돈이 생기면 우선 책을 사라.
옷은 해어지고 가구는 부서지지만, 책은 시간이 지나도 여전히 위대한 것들을 품고 있기 때문이다.

셋째, 너무 완벽한 사람이 되려고 하지 마라.
모든 사람들이 어떤 약점과 허술한 면을 갖고 있기 때문에 완벽한 사람과는 접촉하려 하지 않는다.

넷째, 말을 또박또박 하도록 훈련하라.
좋은 말을 많이 하는 것보다 더 중요한 것은, 꼭 필요한 말을 바르게 그리고 적당하게 하는 것이다.

다섯째, 내가 대접받고 싶은 대로 남을 대접하라.
그러나 대접받기를 기대하지 않고도 남을 대접할 수 있다면 그는 틀림없이 성공할 것이다.

여섯째, 옆집 문 앞까지 비질을 해주는 친절한 사람이 되라.
자기에게 주어진 일에 최선을 다할 뿐 아니라 남의 일도 돌
보아주는 사람이 정말 쓸 만한 인물이다.

일곱째, 자신의 실수는 빨리 인정할수록 좋다.
실수를 숨기고 변명하거나 남의 탓으로 돌리다보면, 어느
날 약점으로 변해 버린다. 약점은 용서받기가 어렵다.

　　흔히 영어 공부에 왕도(王道)가 없다고들 말합니다. 마찬
가지로 세일즈에도 왕도가 없습니다. 더구나 성공을 향한
문을 두드리는 데 당연히 왕도는 존재하지 않습니다. 그렇
지만 어떻게 하는 것이 성공으로 향한 길인지 이정표는 있
습니다. 이것을 눈여겨봐야 합니다. 성공에 대해서 너무 서
두르거나 집착하지 않으며, 교만하지 않고, 포기하지 않는
의지와 실천력이 바로 그것입니다.

책을 가까이 하라. 옷은 해어지고 가구는 부서지지만 책은 시간이
지나도 여전히 위대한 진리를 품고 있다.

인내의 열매를 심어라

성공을 하기 위해서는 무엇이 갖추어져야 할까?
위대한 일을 이루기 위해서는 무엇이 필요할까?

재능이 아니다.
성공하지 못한 사람들의 가장 큰 공통점은 재능이다.
천재도 아니다.
보답 받지 못하는 천재는 격언과 같다.
교육도 아니다.
이 세상은 교육받은 폐인으로 가득 차 있다.

인내와 결단만이 전능하다.
이 세상에서 인내를 당할 것은 아무것도 없다.
그러나 인내는 하되 아집은 버려라.

인내는 실망이 있음에도 불구하고
가치 있는 것을 고수하는 것을 말한다.
아집은 타락 또는 버려질 목적이나 요구를 위해
신경에 거슬리거나 심술궂은 꼼수를 의미한다.

이 세상에서 위대한 일이란
고집이나 힘에 의해서 이루어지는 것이 아니라
인내에 의해서 이루어지는 것이다.
인내만이 성공의 위업을 달성할 수 있다.

-칼빈 클리지(Calvin Cliges : 미국, 성공학자)

'인내는 쓰지만 그 열매는 달다.' 는 말이 있습니다. 당신이 성공하기 위해서 갖추어야 할 제1조건은 바로 '인내' 입니다. 아무리 당신이 계획을 잘 세워 놓았어도, 아무리 모든 주위 환경이나 여건이 잘 구비되었어도 목표를 향해 꾸준히 나아가는 인내가 없으면 무용지물입니다.
　성공으로 향한 길 중에서 항상 바른 길, 쉬운 길은 결코 없습니다. 지금 이 순간 당신이 인생의 출발선에 있다면 인내의 열매를 가슴에 품고 앞으로 뛰어가기 바랍니다.

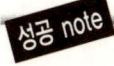

인내는 가치 있는 것을 고수하는 것이다. 이 세상에서 인내를 당할 것은 아무것도 없다.

풍성한 삶의 지혜

무엇을 하느냐보다 무엇이 되느냐가 더 중요하다.
먼저 좋은 나무가 되면
좋은 열매는 따라서 저절로 맺게 되는 법이다.
그러나 세상 사람들은 좋은 열매만 많이 따려는 것처럼
위대한 사람이 되려고만 애쓰지,
먼저 좋은 나무가 되려고 하지 않는다.
하기(Doing)보다 됨(Being)이 더 중요한 것이다.
우리의 인격과 사람됨이 바르면,
말을 잘하던 못하던 남에게 감동을 주게 된다.
우리는 겉에 나타나는 말이나 행동보다도
우리 속사람의 생각과 마음먹는 것이 항상 진실하고,
겸손하고, 죄악을 멀리하도록 힘써야 한다.
위대한 업적을 남기고 위대한 일을 많이 하기에 앞서,
훌륭한 사람이 되기에 힘써야 한다.
한 번 더 말하지만 하기보다 됨이 더 중요하다.
무엇을 하느냐가 중요한 것이 아니라,
어떤 사람이 되느냐가 더 중요한 것이다.

−작자 미상(미국)

당신의 인생에서 무엇을 할 것인지 고민하기보다 어떤 사람이 될 것인지 고민해야 합니다. 무엇을 하느냐보다 무엇이 되는가가 중요하다는 이 글은 우리에게 시사하는 바가 큽니다.

건강하고 품종이 우수한 과일나무에서 맛있고 좋은 과일이 열리는 것이 바로 세상의 이치입니다. 당신의 인격과 사람됨이 바르고 진실하다면 당신이 무슨 일을 하든지 다 이루어지고 사람들에게 존경받게 될 것입니다.

그냥 일을 열심히 한다고 해서 자신의 뜻이 이루어지는 것은 아닙니다. '목표 없는 인생은 날벌레와 같다.'는 말처럼 무엇을 할 것인지 목표를 뚜렷하게 세운 다음 그 추진방법을 모색해야 합니다.

성공 note

무엇을 하느냐가 중요한 것이 아니라, 어떤 사람이 되느냐가 더 중요하다.

승리하기 위한 10가지 조건

1. 옳은 일을 하라.
행동에 대한 책임과 의무를 생각하라.

2. 최선을 다하라.
모든 일에 자기 역량의 120%의 힘을 쏟아라.

3. 대접받고 싶다면 먼저 대접하라.
사랑이 넘치고 서로 이해하며, 동료애가 강한 회사는 반드시 성공한다.

4. 목표를 확고히 하라.
이루고야 말겠다는 확고한 목표가 설정되어 있어야 한다.

5. 자신의 역할을 받아들여라.
구성원 모두는 조직에 있어서 없어서는 안 될 소중한 사람이다.

6. 기본기를 강화하라.
기본을 경시하는 조직은 붕괴한다.

7. 자신을 믿어라.

자신감이 넘쳐나는 사람, 조직이 성공한다.

8. 남을 배려하라.

팀워크는 조직의 기본이다. 감독과 선수, 근로자와 고용주
는 언제나 서로에 대해 다음 세 가지의 의문을 가지고 있
다. 첫째, 저 사람은 믿을 수 있을까? 둘째, 저 사람은 나를
배려하고 있을까? 셋째, 저 사람은 일을 훌륭히 해낼 수 있
을까? 따라서 서로에 대한 배려가 없다면 성공할 가능성은
없다.

9. 역경을 극복하라.

살다보면 누구나 예기치 않던 어려움에 처하게 될 때가 있
다. 그러므로 미리 이를 준비하라.

10. 기죽지 말라.

성공할 것이라고 확신하라. 절대로 기죽지 말라. 절대로 다
른 사람들 눈에 당신이 매우 심각한 위기를 맞고 있는 것처
럼 보이지 않도록 행동하라.

-루 홀츠(미국, 스포츠인, 프로야구 감독)

좋은 결과를 얻는 것은 저절로 되지 않습니다. 남보다 더 많이 뛰어다니고, 남보다 몇 배 더 노력해야 합니다. 곡식을 거두기 위해서 농부들은 얼마나 비지땀을 흘립니까? 그러나 어떤 사람도 잡초를 뽑는 일을 위해서 수고하지는 않습니다.

우리 속담에 '더도 덜도 말고 한가위만 같아라.'는 말도 있지만 풍성한 가을걷이는 하루아침에 이루어지는 것이 아닙니다. 남과 차별화된 부단한 노력의 결실이 마침내 알곡을 맺어 풍요로운 수확의 기쁨을 맛보게 하는 것입니다.

성공 note

팀워크는 조직의 기본이다. 팀원들 간에 서로에 대한 배려가 없다면 성공할 가능성은 없다.

꿈은 희망을 낳는다

산다는 것은 꿈을 꾸는 것이다.
현명하다는 것은 아름답게 꿈을 꾸는 것이다.
산다는 것은 꿈이 있다는 것이요,
꿈이 있다는 것은 희망이 있다는 것이다.

희망이 있다는 것은 이상을 갖는다는 것이요,
비전을 지닌다는 것이다.
비전을 지닌다는 것은 인생의 목표가 있다는 것이다.
꿈을 상실한 사람은 새가 두 날개를 잃은 것과 같다.

비록 힘없는 하찮은 존재라 하더라도 꿈을 가질 때
얼굴은 밝아지고 생동감이 흐르며,
눈에는 광채가 생기고, 발걸음은 활기를 띠고,
태도는 씩씩해지는 것이다.

꿈이 있는 사람이 행복한 사람이고,
꿈꾸는 자가 인생을 멋있게 사는 사람이다.
꿈이 있는 사람이 참 인생을 아는,
인생의 멋을 아는 사람이다.

꿈이 있는 사람이 인생을 사는 듯이 살고,
아름다운 발자취를 후세에 남기는 것이다.

-프리드리히 실러(Friedrich von Schiller : 독일, 극작가)

'꿈이 없는 민족은 망한다(Where there is no vision, the people perish).'는 말이 있습니다. 마찬가지로 꿈이 없는 사람은 절대로 성공할 수 없습니다.

꿈은 미래의 비전입니다. 꿈꾸는 사람에게는 내일에 대한 아름다운 희망이 있습니다. 꿈은 희망을 잉태하는 소중한 자양분입니다. 꿈과 비전을 간직하고 보다 나은 내일을 위해 인생을 설계해야 합니다.

당신의 꿈은 무엇입니까? 오늘 한 번 진진하게 생각해 보기 바랍니다. 그리고 당신이 진정으로 원하는 삶을 위해 꿈의 나래를 마음껏 펼칠 수 있는 하루하루가 되기를 바랍니다.

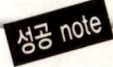
성공 note

꿈꾸는 사람에게는 내일에 대한 아름다운 희망이 있다.

황금률

성공의 비결은 이른바
'남에게 대접 받고자 하는 대로 남을 대접하라.' 는
성경의 황금률 법칙(Golden Rule)에 있다.

동서고금을 막론하고 위대한 성공자는
너나없이 이 위대한 법칙을 믿어왔다.
그리고 그대로 행하고 따랐다.

황금률의 법칙!
누구나 당연히 알고 있으면서도
그냥 스쳐버린 영원한 진리인 이것은,
잘 알려지지 않은 가장 위대한 성공의 비밀이다.

—조셉 머피(Joseph Murphy : 미국, 교육가, 의사)

"무엇이든지 남에게 대접받고자 하는 대로 너희도 남을
대접하라. 이것이 율법이고 선지자이다(마태복음 7장 12
절)."

우리가 알고 있는 '황금률의 법칙' 은 『성경』에 나오는

말입니다. 사랑도 주고받아야 그 열매가 오래 가듯이 사회
생활에서 벌어지는 인간관계 또한 마찬가지입니다. 받기만
하거나 이익을 남기려고만 하는 이기심은 보다 큰 그릇이
되는 데 장애요소가 됩니다.

흔히들 말하는 "Give & Take!" 누군가가 자신에게 해주
기를 바라는 그대로 먼저 남에게 베풀어주는 실천 의지가
성공의 문을 여는 행운의 열쇠입니다.

무엇이든지 남에게 대접받고자 하는 대로 남을 대접하면 이 세상에
서 못 이룰 일이 없고, 안 되는 것이 없다.

성공 인생 계획표

10대에는 있는 힘을 다해 놀아라.

20대에는 있는 힘을 다해 모험하라.

30대에는 있는 힘을 다해 배워라.

40대에는 있는 힘을 다해 일하고 벌어라.

50대에는 무슨 일이든 앞장서서 이끌고 나가라.

60대에는 위엄을 갖추어 떠나라.

70대 이후에는 있는 힘을 다해 즐기면서 생활하라.

10년 단위로 인생의 목표를 설정하고

이것의 달성을 위해 최선을 다하며 살다보면

저절로 뜻이 이루어지고

생활이 즐겁고 행복하게 되는 것을 알 수 있다.

-앨 뉴하트(Al Newhart : 미국, 언론인)

CEO로서 미국 최초의 전국지 컨셉트인 《USA투데이》의 창간자이기도 한 앨 뉴하트는 어렸을 때부터 '나는 이렇게 살겠다.'고 계획을 세웠다고 합니다. 이 글은 뉴하트가 자신의 인생 역정을 회고하면서 그를 뒷받침하는 형식으로 사람들에게 설파한 인생 계획 지침입니다.

　뉴하트는 10년 단위로 자신의 인생계획표를 세우라고 충고하고 있습니다. 성공 인생을 위해 20대, 30대에 맞는 구체적인 계획표를 세우고 그것을 이루기 위해 노력한다면 좀 더 멋진 내일이 다가오지 않을까 생각해 봅니다.

10년 단위로 인생의 목표를 세워라. 20대, 30대에 맞는 구체적인 계획표는 성공의 나침반이 될 것이다.

가난과 부(富)

가난의 괴로움을 면하는 길은 두 가지가 있다.
하나는 자기의 재산을 늘리는 것이고
다른 하나는 자기의 욕망을 줄이는 것이다.

전자는 우리의 힘으로 해결되지 않지만
후자는 언제나 우리의 마음가짐으로써 가능한 것이다.

부(富)란 분뇨와 같아서
그것이 축적되면 악취를 내고,
흩어져 퍼지면 땅을 비옥하게 한다.

부자들이 즐기는 쾌락은
가난한 자의 눈물로 얻어지는 법이다.

-톨스토이(Lev Nikolaevich Tolstoi : 러시아, 사상가, 소설가)

'무엇이 부자인가?' 라는 물음에는 객관적인 기준이 없기 때문에 뚜렷한 답을 제시하기는 어렵습니다. 대략 소득 분포의 불평등도를 나타낸 '파레토의 법칙' 에서 상위 20%

안에 들어가면 나름대로 돈 많은 부자가 아닐까 생각해 봅니다. 너무 약한가요?

하지만 진정한 부자란 어느 정도의 재산도 중요하지만 그 속에 진정 마음의 풍요로움까지 함께 갖고 있어야 참 부자라고 생각합니다. 남을 짓밟고 올라가서 자기 이득을 채우기만 한다면 이름만 부자일 뿐 가난한 사람보다도 못한 삶을 살아가게 될 것입니다.

부(富)란 분뇨와 같아서 그것이 축적되면 악취를 내고, 흩어져 퍼지면 땅을 비옥하게 한다.

성공하는 사람들의 특징

1. 현실을 있는 그대로 본다.

주관이나 선입견을 최대한 배제하면서 객관적으로 살피려 노력한다. 부정직이나 허위를 재빨리 간파한다. 세속의 평판이나 유행 등에 휩쓸려 판단하지 않는다.

2. 꾸밈없이 자신을 표현한다.

자신의 마음을 숨기지 않는다. 자연스럽고 솔직하게 표현한다. 일반적인 규칙이나 규범 등을 고의로 우롱하며 쾌감을 느끼지 않는다. 전통이나 관습에 복종하는 것이 정신적 성장에 지장이 될 경우 과감히 대적한다.

3. 자기 일에 헌신적인 정열을 바친다.

일에서 돈이나 명성을 구하기보다 더 높은 가치를 발견하려 한다. 작가나 학자는 진실을, 예술가는 미를, 법률가는 정의실현을 추구한다.

4. 사생활을 존중하고 강한 독립심을 가지고 있다.

자신의 성취에 대한 외부평가보다 자기만족으로 충분하다. 그들은 주위에서 고고하다는 비난을 받기도 하는데 이것은 그들이 타인을 피하거나 경멸해서가 아니고 타인에 대한 강한 욕구를 못 느끼기 때문이다.

5. 자율성이 강하다.
자신의 욕구불만이나 결핍, 위기와 같은 외적 환경에 덜 지배당한다.

6. 항상 신선한 감각을 유지한다.
일상적이고 평범한 것에도 싫증내거나 지루해하지 않는다. 저녁노을을 보며 생의 즐거움을 느끼고 맛있는 음식을 대할 때 감사한다. 돈이나 화려한 파티 등에 내해서는 무감각한 편이다.

7. 사회적인 관심이 많다.
이웃과 사회 인류에 대해 관심이 많고 애정을 느낀다. 누구에게나 너그럽고 형제애로 대하려 한다. 두드러진 성향은 인본주의이다.

8. 민주적 성향이 강하다.
사회계층, 교육수준, 종교, 인종 등에 구애받지 않고 모든 사람에게 관대하며 수용적이다. 상대가 지적 수준이 낮아도 우월감을 보이지 않으며 자기가 모르는 분야의 사람에겐 겸손하게 배우려 한다.

9. 선과 악을 구별할 줄 안다.

어떤 상황에서나 자신이 정의한 윤리와 도덕을 지키려 한다. 목적 달성도 중시하지만 목적을 향해 가고 있다는 사실 자체도 즐긴다.

10. 창의력이 뛰어나다.

성숙하고 자아실현을 한 사람들에게 발견할 수 있는 가장 두드러진 특징은 창의성이다. 어떠한 직업을 가졌던 새로운 시각으로 사물을 대하고 혁신적인 태도를 견지한다.

11. 유머감각이 있다.

남에게 상처를 줄 수 있는 것, 음탕한 것, 또는 우월감을 나타내는 유머는 삼간다. 대체로 교훈이 담겨 있거나 듣는 이가 미소 지을 수 있는 유머를 즐긴다.

-매슬로우(Abraham H. Maslow : 미국 성격 이론가, 심리학자)

인간의 욕구 5단계 이론을 발표하여 유명해진 매슬로우는, '자아실현'은 성장 동기가 계속적으로 충족되는 것이라고 주장했습니다. 그는 성공한 사람들은 거의 모두 자아

실현을 이룬 사람들로서 자신의 가능성과 잠재력을 실현하기 위해 노력했다는 공통점이 있다고 했습니다.

성공한 사람은 누구나 될 수 있습니다. 그러나 아무나 될 수는 없습니다. 성공의 일반적인 법칙에 맞는 노력과 자세를 견지해야 합니다. 하나의 가능성으로 잠재되어 있던 자아의 본질을 완전히 실현하는 과정이 바로 성공의 길입니다.

우리의 인생은 하나의 가능성으로 잠재되어 있던 자아의 본질을 실현하는 과정이다.

최상의 승리

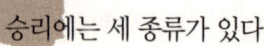

승리에는 세 종류가 있다.

적을 공격하지 않고서 얻는 승리와 적을 공격한 끝에 얻는 승리인데 전자는 가장 좋고 현명한 최상책이고, 후자는 차선책과 최하책이다.

비록 백 번 싸워 백 번 모두 이겼다(百戰百勝)고 할지라도 그것은 최상의 승리가 아니다. 싸우지 않고 상대방을 굴복시키는 것이야말로 최상의 승리라고 할 수 있다.

가장 좋은 방법은 적의 의표를 간파하여 미리 방어하는 것이다.

그 다음으로 좋은 방법은 적과 동맹 관계를 맺고 있는 나라와의 관계를 단절하여 고립시키는 것이다.

그 다음의 방법인 차선책은 적과 결전을 치르는 것이다.

가장 좋지 않은 방법인 최하책은 온갖 수단을 다 동원하여 적을 공격하는 것이다. 이는 피로 얼룩진 승리를 하는 최하의 수이다.

따라서 싸우지 않고 적을 굴복시키는 것이 최선의 전략이다. 이를 위해서는 적을 더 이상 적이 되지 않도록 만들어야 한다.

－손자(孫子 : 춘추전국시대 제나라, 전략가, 병법가)

이 글은 춘추전국시대 병법가인 손자가 쓴 『손자』의 「모공편(謀攻篇)」에 나오는 이야기입니다. 백전백승에 관한 이야기를 잘 생각해 보면 전쟁의 궁극적인 목적은 승리이지만 백전백승이 반드시 좋은 방책은 아니라는 것을 알 수 있습니다. 피를 흘리지 않고 적을 마음으로 감복시켜 따르게 하는 것이 최상의 방책이라는 것이죠.

리더가 되려면 적을 많이 만들지 말아야 합니다. 항상 너그러운 리더십을 발휘하여 상대를 내 편으로 만드는 매력의 발산이 필요합니다.

싸우지 않고 상대방을 굴복시키는 것이야말로 최상의 승리이며, 최선의 전략이다.

나를 변화시키자

시련을 두려워하지 말자.
만나는 사람 모두를 삶의 스승으로 여기자.

뿌리 깊은 고정관념을 버리자.
집착할수록 멀어진다.
얻으려면 무엇에든 지나치게 집착하지 말자.

상황을 늘 긍정적으로 생각하자.
세상일은 생각대로 된다.
마음 가는 대로 살며 삶을 즐기자.

삶은 투쟁이 아니다.
사랑의 눈으로 이웃과 세상을 보자.

과거를 후회하거나 미래를 걱정하지 말자.
오직 현재를 소중히 여기자.

상대를 동반자로 여기자.
사랑한다면 상대를 있는 그대로 인정하고 사랑하자.

나를 변화시키자.

세상을 변화시키려 하지 말고 먼저 나 자신을 변화시키자.

-앤드류 매튜스(Andrew Matthews : 호주 출생, 작가, 만화 예술가)

『자신 있게 살아라』『마음대로 해라』의 저자이기도 한 앤드류 매튜스는 다방면으로 재주가 많은 여성입니다. 그는 매력적으로 아름답게 살려면 어떻게 행동하고 처신해야 하는지를 일깨워주는 글들을 썼습니다.

성공하려면 먼저 나 자신을 변화시키지 않으면 안 됩니다. 간혹 일이 잘못되면 자신은 탓하지 않고 변하지도 않으면서 남의 탓으로만 돌리려는 경향이 있습니다. 그러면 성공으로 향한 문은 점점 더 멀어지게 됩니다. 자신을 변화시키는 새로운 패러다임의 전환이 필요합니다.

성공 note

세상을 변화시키려 하지 말고 먼저 나 자신을 변화시켜라!

철저히 준비하라

교회가 신축되어 그 제단에 세울 그림을 한 화가에게 맡기게 되었다.

사람들은 하루 빨리 훌륭한 그림이 완성되어 제단에 세워지길 기대했으나 화가는 정작 그려야 할 그림은 시작도 하지 않은 채 산과 바다를 쏘다니며 열심히 자연 풍경만 스케치할 뿐이었다.

나중에는 사람의 모습만을 그렸는데, 그의 스케치북에는 사람의 근육이나 얼굴, 그리고 동작 하나하나의 움직임 등을 그린 그림으로 가득 차게 되었다. 그러자 사람들은 실망하기 시작했다.

"매일 저런 그림만 그리고 있으니, 도대체 교회 그림은 언제 그리겠다는 거야. 왜 저런 사람에게 그림을 그리도록 맡겼을까?"

그러나 화가는 사람들의 불평과 빈정거림에도 아랑곳하지 않고 오로지 사물의 세부적 묘사에만 열중할 뿐이었다.

그러던 어느 날부터 화가는 교회 제단의 그림을 그리기 시작했고, 결국 그 어떤 작품보다 훌륭한 그림을 완성했다. 화가는 그림을 그리기 전에 그릴 대상에 대해 그 본질을 알아내고 그것에 필요한 작업을 완벽하게 준비했던 것이다.

조급함보다는 철저한 준비로 탄생시킨 작품이 바로 위대한 〈최후의 만찬〉이었고, 그 화가가 바로 유명한 레오나르도 다 빈치(Leonardo da Vinci)이다.

인류 역사가 낳은 위대한 천재 화가란 칭호를 듣고 있는 레오나르도 다 빈치는 위대한 예술가로, 과학자로 명성을 떨쳤습니다. 사람의 몸에 혈액이 흐른다는 것을 처음 알아낸 그는 항상 끊임없이 생각하고 사물을 관찰하는 습관을 갖고 있었습니다.

나 빈치는 늘 상상력의 나래를 별쳤는데 그것이 동인(動因)이 되어 자신의 작품에 생명력을 불어넣었던 것입니다. 한 작품을 만들기 위해 철저히 준비하고 남보다 더 각고의 노력을 펼쳤던 그의 정신을 본받는다면 이루지 못할 것이 없다고 확신합니다.

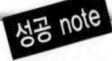

성공 note

화가가 그림을 그리기 전에 필요한 작업을 완벽하게 준비하는 것처럼 철저한 준비만이 성공의 열쇠이다.

정확한 목표를 세워라

잘못된 목표의 설정은 성공해도 성취감을 못 느낀다.
많은 사람들이 성공해도 허탈해 하는 것을 볼 수 있다.
그것은 잘못된 목표 설정 때문이다.

정확한 목표 없이 성공 여행을 떠나는 자는 실패한다.
목표 없이 일을 진행하는 사람은
기회가 와도 그 기회를 모르고
준비가 안 되어 있어 실행할 수 없다.

무엇보다 먼저
흐리멍덩한 목표가 아닌 분명한 목표를 가져라.
이 목표가 구체적이고 확실한 것이 될 때까지 갈고 닦아라.

그것을 항상 당신 마음속에 간직하라.
그러면 당신은 어디로 가든지 그것을 잊지 않을 것이다.
이 목표는 계속적으로 적극적인 생각과 믿음이 필요하다.

분명한 목표가 있다면 당신은
그것을 위해 적극적으로 행동해야 한다.

이것이 바로 성공의 길이다.

쉬운 길, 편안한 길로 가는 사람은
성공의 묘미를 못 느낀다.
어려움 없이 성취되는 것은 하나도 없다.

-노먼 빈센트 필(Norman Vincent Pearl : 미국, 작가, 목사)

　　노먼 필 목사는 긍정적인 사고가 가져오는 놀라운 힘들
을 열거하며 사람들에게 적극적인 사고방식을 갖기를 주문
하였습니다. 그는 수많은 사람들을 대하면서 그들 중 성공
한 사람들의 면면을 살펴보고, 뚜렷하고 정확한 목표를 갖
고 있는 사람들이 성공한다는 것을 발견했습니다.
　　당신이 성공한 사람의 반열에 들어서려면 먼저 정확한
목표의식을 갖고 있어야 합니다. 부정적인 생각을 쓸어내
고 낙관적이고 긍정적인 신념을 갖고 생활하도록 노력해야
합니다.

성공 note

흐리멍덩한 목표가 아닌 분명한 목표를 가져라. 분명한 목표를 세
웠다면 그것을 위해 적극적으로 행동하라.

지금 이 순간에 집중하라

지금 이 순간에 집중하라.

지금 현재 진행하고 있는 일을 생각하라.

집중력을 잃거나 정신이 흐트러지면

반드시 실수를 범하게 된다.

하나의 사업을 완성하였을 때에는

지나온 과거나 미래의 꿈에 대해 생각할 수 있다.

그러나 사업이 진행되는 동안에는

날카로운 눈으로 업무의 중심에 초점을 맞춰라.

업무가 어렵다고 생각되거나

110%의 노력을 기울이기 힘들다면

자신의 목표를 재평가해 볼 필요가 있다.

정말로 이 일을 해야 하는가?

이 일을 함으로써 나는 내 목표와 가까워지는가, 멀어지는가?

이 일을 완수하기 위해 더 좋은, 효율적인 방법은 없는가?

일단 이런 질문들에 답할 수 있다면 우리는 다시

집중력을 회복하여 현재의 일에 초점을 맞출 수 있다.

집중과 주의는 수면 아래에 잠겨 있는 것을 보게 해주고,
현재 진행 중인 업무를 이해하는 데 필요한 깊이를 제공한다.

집중력이 흩어지면 사람들의 말을 듣지 못하고,
판단 착오를 일으키고, 목적의식을 상실한다.
그러나 집중력이 강할 때 우리는
어떤 것에도 흔들리지 않고 일과 하나가 될 수 있다.

–배리 파버(Barry Farber : 미국, 성공 컨설턴트)

　배리 파버는 다이아몬드 그룹의 대표이며 TV 토크쇼의
진행자로서 『지금 당장 시작하라』 등 많은 저서를 출간했
습니다. 그는 성공은 결코 아직 그 어느 누구에게도 늦지
않았다고 강조합니다. 누구에게든 성공의 기회가 열려 있
다는 의미겠지요. 지금 이 순간부터 어떻게 일에 임하는가
가 그 사람의 향후 인생 성패와 직결되는 것입니다.

성공 note

집중력이 강할 때 어떤 것에도 흔들리지 않고 일과 하나가 될 수
있다.

부자가 되게 하는 10가지 힘

1. 정신의 힘——나에게 현실보다 더 큰 이유가 필요하다.
2. 선택의 힘——나는 매일 세심하게 선택한다.
3. 협조의 힘——친구들을 동반자로 여기면서 서로 협력한다.
4. 빠른 배움의 힘——하나의 방식을 숙지하고 다음에 새것을 배워라.
5. 자기통제의 힘——먼저 자신에게 지불하라.
6. 좋은 조언의 힘——중개인들에게 잘 지불하라.
7. 공짜로 무언가를 얻는 힘——매력 있고 인간성이 넘치는 인간이 되라.
8. 초점의 힘——자산이 사치품을 산다.
9. 신화의 힘——영웅의 필요성을 깨닫는다.
10. 주는 것의 힘——가르치면 그 이상으로 받는다.

-로버트 기요사키(Robert T. Kiyosaki : 미국, 성공 컨설턴트)

　　『부자 아빠 가난한 아빠』의 저자로 유명한 로버트 기요사키는 일본계 이민자 4세입니다. 그는 교육은 많이 받았지만 가난했던 자신의 아버지와, 정규 교육은 제대로 받지

못했지만 부자가 되었던 친구 아버지의 가르침을 동시에
배우면서 결국 부자 아버지의 가르침 속에서 자신의 문제
를 해결할 수 있었습니다. 그는 여기서 많은 깨달음을 얻어
부자가 되는 길을 제시했는데 그것이 사람들에게 매우 큰
반향을 불러 일으켰습니다.

　우리 주변에서 늘 존재하는 사소한 것도 놓치지 말고 생
활 속의 자산으로 삼는 지혜가 필요합니다.

빠른 배움의 길은 하나의 방식을 숙지하고 다음에 새것을 배우는
것이다.

자기 일을 즐겨라

자기가 맡은 일은 즐겁고 신나게 하라.
자기 일을 사랑하고 즐기는 사람은
행복하고 건강하다.

일하는 즐거움을 단련하라.
일을 즐겁게 하면 하루하루가 즐겁고
성공적인 인생이 펼쳐진다.

항상 의욕과 자신감을 갖아라.
일하는 즐거움에 빠지면
새로운 의욕은 저절로 솟아난다.

자기 일에 대한 철학을 가져라.
자신을 믿고 존중하고 긍정적인 태도와 꿈을 갖자.
누구나 일하는 즐거움을 누릴 권리와
그럴만한 능력을 가지고 있다.

성공을 꿈꿔라.
성공을 꿈꾸는 사람은 모두 자기 일을 즐길 줄 안다.

일하는 즐거움은 부와 성공을 찾아내는 열쇠이다.

-데니스 웨이틀리(Denis Waitley : 미국, 인력개발 컨설턴트)

공공 업무 수행과 인력 개발 분야의 권위자인 웨이틀리 박사는 『위대함의 씨앗』 『성공을 꿈꾸는 사람은 자기 일을 즐긴다』라는 책에서 일을 하면서 쌓은 노하우를 기초로 성공을 하려면 어떻게 해야 하는지 그 방법론을 제시하였습니다.

어차피 당신에게 주어진 일이라면 부정적인 사고를 불식시키고 항상 긍정적으로 즐겁게 하는 습관을 가져야 합니다. 그래야만 일의 능률도 오릅니다. 항상 밝고 즐겁게 일하는 자세를 갖도록 노력합시다.

성공 note

일하는 즐거움은 부와 성공을 찾아내는 열쇠이다. 성공한 사람들은 모두 자기 일을 즐길 줄 안다.

인생 5계

첫째, 생계(生計)
어릴 때부터 건강한 생명력을 기르는 계획을 세운다.

둘째, 신계(身計)
열심히 공부하여 사회에 도움을 주는 능력을 갖추는 계획을 세운다.

셋째, 가계(家計)
결혼하여 자식을 얻고 훌륭한 가정을 만드는 계획을 세운다.

넷째, 노계(老計)
안정되고 풍요로운 노후생활을 보내기 위한 계획을 세운다.

다섯째, 사계(死計)
인생의 총결산을 아름답게 하기 위해 죽음을 준비하는 계획을 세운다.

―주신중(朱新仲 : 중국 송나라, 학자)

사람이 태어나 어느 정도 규모 있게 살아가려면 다섯 가지 계획을 세워 실천해야 한다고 합니다. 이것을 이른바 오계(五計)라고 하는데, 인생의 라이프사이클에 따라 행복을 도모하는 순환방정식이라고 할 수 있습니다.

모든 사람은 그 삶을 살아가는 데 일정한 라이프사이클(life cycle)과 라이프스테이지(life stage)를 거쳐야 합니다. 먹고 살 궁리, 건강하게 살 궁리, 가문을 살찌울 궁리, 노후를 보낼 궁리, 아름답게 죽을 궁리 등은 오늘을 사는 우리들에게도 그대로 적용된다고 생각합니다.

성공 note

자신이 계획한 생활주기가 제대로 잘 굴러가고 있는지 확인하라.

항상 자신의 라이프사이클을 체크하고 조정하라.

멀리 보고 뛰어라

앞을 볼 줄 알아야 한다.
미래를 내다 볼 줄 아는 눈을 가질 때
보다 더 성장할 수 있고 성공할 수 있다.

바로 눈앞의 작은 이익에만 급급하다보면
결코 큰 것을 잡을 기회를 얻을 수가 없다.
멀리 보고 크게 움직여야 큰 것을 성취할 수 있다.

미래를 볼 줄 안다는 것은
자기 자신의 미래에 관한 확고한 의지와
확신을 갖는 것을 말한다.
이것이야말로 자기 자신을 보다 더 성장시키고
나아가 성공의 길로 들어설 수 있도록 도와주는 지렛대이다.

자신을 거슬리지 않고
자신이 하고 싶다고 생각하는 일을 하고
무엇보다도 자신을 소중히 해 나가는
삶의 노하우를 터득해야 한다.
현실의 성공은 성공 철학을 완전히

자신의 피와 살로 만들 수 있느냐 하는 것에 달려 있다.
결코 어중간하게 성공을 꿈꾸거나
안이한 생각으로 인생에 도박을 걸거나 해서는 안 된다.

미래를 보다 지혜롭게 내다 볼 줄 알고
어렵다고 포기하지 않고 용기 있게 헤쳐 나갈 줄 알며
스스로 무엇이든 할 수 있다고 믿는
신념이 강한 사람만이 성공할 수 있다.

-엘빈 펠트너(Alvin Feltner : 미국, 컨설턴트)

　　간혹 마라톤경기를 보다 보면 뒤를 보면서 달려가는 선수를 발견할 수 있습니다. 그런데 달리기 도중 뒤를 보고 달리는 선수 중 대부분은 뒷사람에게 뒤쳐지거나 설령 1등을 하더라도 기록을 단축시킬 수 없다고 합니다. 뒤를 돌아보는 것은 패배의식을 나타냅니다. 오로지 앞만 보고 과거에 연연하지 말고 지혜롭게 미래를 헤쳐 나가야 합니다.

성공 note

미래를 내다볼 줄 아는 눈을 키워라. 멀리 보고 크게 움직여야 큰 것을 성취할 수 있다.

무지는 비극이다

정규교육은 생계를 해결해 주고
자기 교육은 번영을 가져다준다.
책을 읽지 않는 사람은 정신에 곰팡이가 슬게 된다.

한 끼만 굶어도 우리 몸은 난리가 나는데
정신을 위하여 아무것도 하지 않으면 고사하고 만다.
정신도 인스턴트 음식만 가지고는 버틸 수 없다.

상상력의 위대성은 끝과 한계를 모르는 데 있다.
당신이 더 나은 미래를 위하여
가꾸고 성공하는 데 필요한 것은 모두 책에 실려 있다.

모르는 것은 약이 아니다. 모르는 것은 병이다.
무지는 빈곤이요 파멸을 가져온다.
무지는 비극을 불러온다.

무릇 성공하려면 독서를 많이 해야 한다.
무지를 일깨워 지혜를 발산하도록 해야 한다.
우리 인생의 모든 문제는

무지로부터 온다는 사실을 알라.

-짐 론(Jim Rohn : 미국, 성공 컨설턴트, 동기부여 전문가)

　미국 최고의 실업철학자이며 성공 컨설턴트의 대가인 짐 론 박사는 정보화 사회에서 성공하려면 해박한 지식과 올바른 지혜가 필수적인 요소라고 강조했습니다. 전문 지식이 없다면 아무리 일을 열심히 한다고 일의 능률이 오르지 않는다는 것이지요.

　경제성의 원칙에 입각하여 능률 효과를 극대화하려면 '알아야 면장을 한다.'는 말처럼 전문적인 지식이 반드시 뒷받침되어야 합니다.

성공 note

모르는 것은 약이 아니라 병이다. 우리 인생의 모든 문제는 무지로부터 온다.

돈으로 살 수 없는 것

돈으로 사람(Person)을 살 수는 있으나
그 사람의 마음(Spirit)을 살 수는 없다.
돈으로 호화로운 집(House)은 살 수 있어도
행복한 가정(Home)은 살 수 없다.

돈으로 최고로 좋은 침대(Bed)는 살 수 있어도
최상의 달콤한 잠(Sleep)은 살 수 없다.
돈으로 시계(Clock)는 살 수 있어도
흐르는 시간(Time)은 살 수 없다.

돈으로 얼마든지 책(Book)은 살 수 있어도
결코 삶의 지혜(Wisdom)는 살 수 없다.
돈으로 지위(Position)는 살 수 있어도
가슴에서 우러난 존경(Respect)은 살 수 없다.

돈으로 좋은 약(Medicine)은 살 수 있어도
평생 건강(Health)을 살 수는 없다.
돈으로 피(Blood)는 살 수 있어도
영원한 생명(Life)은 살 수 없다.
돈으로 섹스(Sex)는 살 수 있어도

진정한 사랑(Love)은 살 수 없다.
돈으로 감각적인 쾌락(Pleasure)은 살 수 있으나
마음속 깊은 곳의 기쁨(Delight)을 살 수는 없다.

돈으로 맛있는 음식(Food)을 살 수 있지만
마음이 동하는 식욕(Appetite)은 살 수 없다.
돈으로 화려한 옷(Clothes)은 살 수 있으나
내면에서 우러난 참된 아름다움(Beauty)을 살 수는 없다.

돈으로 사치(Luxury)를 꾸리며 살 수는 있으나
전통어린 문화(Culture)를 살 수는 없다.
돈으로 고급품(Articles Goods)은 살 수 있으나
아늑한 평안함(peace)을 살 수는 없다.

돈으로 미인(Beauty)을 살 수는 있지만
정신적인 평화로움(Stability)은 살 수가 없다.
돈으로 동료(Colleague)를 구할 수는 있지만
진실한 친구(True Friend)를 얻을 수는 없다.

돈이 있으면 성대한 장례식(Funeral)을 치를 수 있지만
행복한 죽음(Glorious Death)은 살 수 없다.
돈으로 종교(Religion)는 얻을 수 있으나

소망하는 구원(Salvation)을 살 수는 없다.

돈은 일상생활에 절대 필요하고 편리한 수단이지만
어디까지나 생활의 수단이지 인생의 목적은 결코 아니다.
돈은 인간에게 꼭 필요한 것이다.
그러나 돈만 가지고는 인생에서 가장 가치 있고
진정으로 만족스러운 것은 살 수가 없다.
진정한 행복은 물질이 아니라 마음에서 온다.

―피터 라이브스(Peter Lives : 미국, 신학자, 작가)

　돈은 형이하학적인 욕망은 채워줄 수 있겠지만 인간의
내면에 존재하는 형이상학적인 욕구는 채워줄 수 없습니
다. 우리의 인생은 물질과 정신의 밸런스가 천칭의 저울과
같이 맞아야 합니다. 그래야 마음으로부터 진정한 행복과
만족을 느낄 수 있습니다.

성공 note

돈만 가지고는 인생에서 진정으로 만족스러운 것을 살 수 없다. 진
정한 행복은 물질이 아니라 마음에서 오기 때문이다.

게으른 사람의 나쁜 습관

게으른 사람에게는
여섯 가지 옳지 않은 습관이 있다.

너무 이르다하여 할 일을 하지 않고
너무 늦었다하여 할 일을 하지 않는다.

너무 배부르다하여 할 일을 하지 않고
너무 배고프다하여 할 일을 하지 않는다.

너무 덥다하여 할 일을 하지 않고
너무 춥다하여 할 일을 하지 않는다.

이런 사람은 참된 도(道)에 이르지 못한다.
인생의 성공을 이루기 힘들다.

-『출요경(出曜經)』 중에서

    게으른 사람은 매사에 어디가 달라도 다릅니다. 항상 양
지만을 찾아다닙니다. 그리고 더우면 덥다, 추우면 춥다고

불평만 늘어놓을 뿐 도무지 행동하려 들지 않습니다.

　게으른 사람은 크고 작은 고정관념들이 쌓여 자신의 무한한 잠재 능력을 나오지 못하게 가두고 있음을 잘 알지 못합니다. 고정관념에 사로잡힌 나쁜 습관을 스스로 깨지 않으면 평생을 그 고정관념의 틀 속에 갇혀 감옥살이를 해야합니다.

게으른 사람은 크고 작은 고정관념들이 쌓여 자신의 잠재 능력을 어둠 속에 가둔다.

성공한 사람들의 일상생활

1. 오늘의 자신, 지금의 자신을 출발점으로 삼는다.
2. 자기 자신을 타인과 비교하지 않는다.
3. 적극적이고 낙천적이며 정열적인 사고를 갖는다.
4. 창조적인 상상력을 적극 활용한다.
5. 자신만의 개성적인 매력을 가진다.
6. 명예가 있는 인간이 되겠다고 마음에 새긴다.
7. 하나의 일이 끝났을 때, 훌륭한 성공 체험을 얻는다.

-로버트 H. 슐러(Robert H. Schuller : 미국, 목사)

　　성공한 사람들의 일상생활이 언뜻 보면 그저 대수롭지 않은 것 같지만 자세히 그 내면을 들여다보면 하루하루 주어진 일을 위해 얼마나 노력하며, 자기관리를 철저하게 하는지 알 수 있습니다. 성공하려면 어떤 문제에도 반드시 자신의 힘으로 해결할 수 있다는 신념을 갖는 자세가 선행되어야 합니다.

 성공 note

오늘의 자신, 지금 이 순간의 모습을 성공의 출발점으로 삼아라.

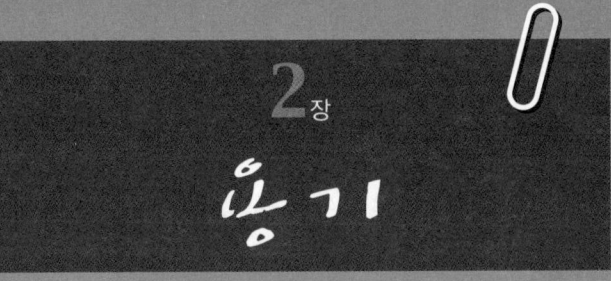

2장

용기

가시에 찔리지 않고서는 아름다운 장미꽃을 모을 수가 없다.

—필페이—

변화와 성공을 부르는 황금률 ·

2

용기

포기하지 마라

우리는 역경으로부터 미래의 힘을 키울 방법을 배워야 합니다. 과거와 현재가 싸우도록 버려두면 미래를 잃게 될 것입니다.
나는 여러분에게 피, 수고, 눈물, 그리고 땀밖에 달리 드릴 것이 없습니다.

자, 단합된 우리의 힘을 믿고서 모두 전진합시다.
모든 고귀한 것에는 대가가 있습니다.
그 대가는 인내와 관용입니다.

우리는 흔들리지 않을 것이며
우리는 지치지 않을 것입니다.
우리는 비틀거리지도, 실패하지도 않을 것입니다.

위대함 중의 위대함은 책임감입니다.
나는 여러분에게 단 이 세 마디를 해주고 싶습니다.

포기하지 마라! (Don't give up!)
절대로 포기하지 마라. (Never give up!)

절대로! 절대로! (Never, Never.)

−윈스턴 처칠(Churchill L.S. Winston : 영국, 정치가, 문학가)

영국의 처칠 수상은 옥스퍼드 대학 졸업식에서 학생들에게 연설하게 되었습니다. 그때 그는 "포기하지 마라. 절대로 포기하지 마라."는 단 두 마디, 자신의 혼이 담긴 말로 축사를 하고 단상에서 내려왔다고 합니다.

아무리 힘든 일이 있어도, 아무리 어려운 난관에 봉착해도 절대, 결코, 무슨 일이 있어도 중간에 포기하지 마십시오. 가장 큰 승리는 최후에 오는 법이니까요.

성공 note

우리는 역경으로부터 미래의 힘을 키울 방법을 배워야 한다. 과거와 현재가 싸우도록 버려두면 미래를 잃게 될 것이다.

너의 눈짓을 따르라

가라! 너의 눈짓을 따르라.
너의 젊은 날을 이용하고
배움의 때를 놓치지 마라.

거대한 행운의 저울 위에
지침이 평형을 이루는 순간은 드물다.

너는 올라가든지 아니면 내려가야 한다.
너는 이기고 지배하든지
아니면 지고 나서 굴종해야 한다.

이겨서 의기양양하든가
져서 쓴맛을 삼키든가
망치가 되든가 아니면 대장간의 모루가 되어야 한다.

무릇 인생에 있어 가장 중요한 것은
'내가 지금 어디에 있느냐 보다는
'내가 어디로 향해 가고 있느냐' 이다.

—괴테(Goethe, Johann Wolfgang von : 독일, 철학자)

인생은 한 편의 연극과 같습니다. 인생이라는 연극무대에 올라섰을 때 주인공이 되든지 조연이 되든지, 아니면 잠깐 나왔다 사라지는 엑스트라가 되든지 자신이 노력한 만큼 그 중에 한 가지 배역으로 세상을 살아가게 됩니다.

어떤 일을 해야 할 시기를 놓치면 그 기회는 다시 돌아오지 않습니다. 항상 최선을 다하는 삶을 살아가야만 어떤 조직에서든 우두머리가 될 수 있습니다. 이 세상에 태어난 이상 명분과 실리를 추구하며 존경받는 리더로서의 삶을 살아가야 하지 않을까요?

성공 note

인생에서 가장 중요한 것은 '지금 어디에 있느냐'가 아니라 '어디로 향해 가고 있느냐'이다.

인생의 각본을 써라

당신 삶의 각본은 아직도 쓰이고 있는 중이다.
당신이 바로 그 각본의 지은이요 주인공이다.
그러니 당신이 원하는 대로 써라.
물론 여러 가지 도전이 있을 것이다.
그러나 극복할 어려움이 없다면
어떻게 위대해질 수 있겠는가?

지금 이 순간 당신이
자신의 사망기사를 쓰고 있다고 상상해 보라.
당신은 자기 일생의 과업에 대해 만족하는가?
만약 만족하지 않는다면
당신의 삶이 아직도 완성되지 않았음을 기억하라.
오늘은 바로 당신을 위해 있는 적절한 시점이다.

다시 시작하라.
당신은 최선의 당신이 될 수 있는 힘을 아직 가지고 있다.
잘못이란 지워질 수 있다.
늘 기억하라.
결코 이미 늦지 않았다는 것을. 결코!

당신의 맥박을 짚어보라.
당신은 아직도 살아 있지 않은가?
당신 앞에 놓인 도전에 대해 하느님께 감사하라.
그리고 전진하라.

-마사 메리 마고(미국, 종교시인)

내 인생은 나의 것입니다. 이 세상에는 내 인생을 대신 살아줄 사람도, 행운을 보태줄 사람도 없습니다. 오로지 나 자신의 노력 여하에 의해 인생의 성패가 결정됩니다.

한 편의 연극과 영화를 만들 때도 각본을 쓰는데 기나긴 인생이란 무대에서 미리 세밀한 각본을 쓰지 않고 간다면 분명 시행착오가 많이 생기게 될 것입니다. 아직 목표를 세우지 않았다면 지금 이 순간 자신을 위한 인생 각본을 써 보십시오. 삶이 달라질 것입니다.

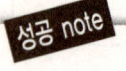

성공 note

다시 시작하라. 잘못이란 지워질 수 있다. 그리고 결코 이미 늦지 않았다는 것을 늘 기억하라.

시련은 있어도 실패는 없다

자신이 이루고자 하는 일이
시련과 역경에 부딪쳐 그르치게 되면
보통 사람들은 절망하게 된다.

그러나 이것은 시련이지 실패가 아니다.
내가 실패라고 생각하지 않는 한
이것은 실패가 아니다.

나는 생명이 있는 한 실패는 없다고 생각한다.
내가 살아 있고 건강한 한
나한테 시련은 있어도 실패는 없다.

–정주영(鄭周永 : 기업가, 전문경영인, CEO)

  "사람들은 곤경에 처하면 어떻게 할 방법이 없다고 체념
의 말을 하지만, 그렇지 않다. 찾지 않으니까 길이 없는 것
이고 반대처럼 필사적인 노력을 하지 않으니까 방법이 없
어 보이는 것이다."
  《타임》지 선정(1996) '아시아를 빛낸 6인의 경제인' 이자

20세기를 빛낸 한국의 최고 경영자였던 현대그룹의 창업자 고 정주영 회장의 성공 인생관입니다. 그는 『시련은 있어도 실패는 없다』라는 회고록에서 긍정적인 사고에는 결코 실패가 없다는 것을 역설하였습니다. 시련 속에서 성공의 꽃은 더 활짝 피어납니다.

성공 note

자신이 실패라고 생각하지 않는 한 실패가 아니다. 용기 있는 자에게는 시련은 있어도 실패는 없다.

진화냐! 변신이냐!

변신이란 무엇인가?
새가 알을 깨고 나오는 것,
배추벌레가 껍질을 벗고 나비가 되는 것.

나비는 아름답고 자유롭다.
나비는 알을 까고 새로운 생명을 이어준다.
껍질을 벗는 것은 고통스러운 일이지만
자유와 아름다움과 생명을 얻고자 하는 자는
변신을 하여야 한다.

진화란 무엇인가?
기린의 목이 서서히 길어지는 것,
공룡이 이구아나가 되는 것,
그러나 변화의 속도가 진화의 속도보다 빨라지면
그것은 멸종하고 만다.

이제는 변신하는 자만이 생명을 얻는다.
변신하는 자만이 성공을 얻는다.

새는 알을 깨고 나온다. 알은 세계이다.

태어나려는 자는 하나의 세계를 파괴하지 않으면 안 된다.

새는 신을 향해 날아간다.

그 신의 이름은 '아프락시스[産苦]'이다.

-헤르만 헤세(Hesse, Hermann : 독일, 철학자, 문학가)

이 글은 헤르만 헤세가 지은 소설 『데미안』에 나오는 글입니다. 소설에서 싱클레어는 친구인 데미안의 도움을 받고 '이 세상에서 인간에게 자기 자신이 인도하는 길을 가는 것보다 어려운 일은 없다.'는 사실을 깨닫게 됩니다.

새는 더 나은 세계로 날아가기 위해 힘겹게 껍질을 깨고 알에서 나옵니다. '변화'를 두려워하는 사람은 성공의 길로 나아갈 수 없습니다. 껍질을 벗는 것은 고통스러운 일이지만 성공을 얻고자 하는 자는 변신의 고통을 이겨내야 합니다.

성공 note

새는 알을 깨고 나온다. 알은 세계이다. 태어나려는 자는 하나의 세계를 파괴하지 않으면 안 된다.

미로 같은 인생

인생은 자유로이 여행할 수 있도록
시원하게 뚫린 대로가 아니다.

때로는 길을 잃고 헤매기도 하고,
때로는 막다른 길에서 좌절하기도 하는 미로와도 같다.

그러나 믿음을 가지고 끊임없이 개척한다면
신은 우리에게 길을 열어줄 것이다.

그 길을 걷노라면
원하지 않던 일을 당하기도 하지만
결국 그것이 최선이었다는 사실을 알게 된다.

-A. J. 크로닌(Archibad Joesph Cronin : 영국. 소설가, 의사)

우리 인생에는 수많은 갈림길과 미로가 얽혀 있습니다.
어떤 길로 가더라도 정상에는 갈 수 있겠지만 그 험난함의
정도는 매우 다릅니다.
한 번 선택한 인생 항로라면 비록 비바람이 몰아쳐서 돛

대가 부러지고 배가 파손 당한다 할지라도 굴복하거나 좌절해서는 안 됩니다. 그 고통을 딛고 일어서야 합니다. 궂은 날이 있으면 좋은 날도 있는 법, 반드시 그 날을 기다리면서 앞으로 나아가야 합니다.

성공 note

자신이 선택한 길을 걸으면 언젠가는 그 길이 최선이었다는 사실을 알게 된다.

태양을 바라보라

태양을 바라보고 살아라.
그대의 그림자를 못 보리라.

고개 숙이지 마라.
머리를 언제나 높이 들어라.
세상을 똑바로 정면으로 바라보라.

나는 눈과 귀와 혀를 빼앗겼지만
내 영혼을 잃지 않았기에
그 모든 것을 가진 것이나 마찬가지이다.

고통의 뒷맛이 없으면
진정한 기쁨은 거의 없다.
불구자라도 노력하면 된다.
아름다움은 내부의 생명으로부터 나오는 빛이다.

그대가 정말 불행할 때
세상에는 그대가 해야 할 일이 있다는 것을 믿어라.
그대가 타인의 고통을 덜어줄 수 있는 한

삶은 헛되지 않으리라.

세상에서 가장 아름답고 소중한 것은
보이거나 만져지지 않는다.
단지 가슴으로만 느낄 수 있다.

　　　　　　-헬렌 켈러((Keller, Helen Adams : 미국, 작가, 사회사업가)

　눈도 보이지 않고 말도 못하고 듣지도 못하는 삼중고(三
重苦)에 시달리면서도 희망을 잃지 않고 장애를 극복한 성
공인의 표본, 헬렌 켈러. 그녀는 왕성한 의욕과 꿋꿋한 의
지를 가지고 새로운 삶의 길을 찾아 피나는 노력을 계속했
습니다.
　헬렌 켈러가 희망을 버리지 않고 새 삶을 위하여 불태웠
던 열정과 절망을 딛고 일어선 굳은 의지를 생각해 봅시다.
희망은 성공으로 인도하는 신앙과 같은 존재입니다.

고개 숙이지 마라. 머리를 언제나 높이 들어라. 세상을 똑바로 정면
으로 바라보라.

첫 난관을 돌파하라

뜻대로 잘 안 된다고 걱정하지 말고,
너무 근심도 하지 말라.

마음이 유쾌하다고 해서 너무 기뻐하지도 말라.
오랫동안 무사하다고 너무 믿지도 말라.

처음 맡는 어려움을 피하지 말라.
첫 난관만 돌파하면
그 다음은 오히려 쉬워지는 법이다.

-홍자성(洪自誠 : 중국 명나라, 유학자)

　　우리는 간혹 어떤 일을 실행에 옮길 때 갑자기 장애물이
나타나면 겁을 먹고 당황해하거나 아예 포기하는 경우가
있습니다.
　　그러나 무엇이든 쉽게 포기해서는 안 됩니다.
　　등산을 하다보면 가파른 고개가 있으면 내리막길도 있고
높은 산도 있고 낮은 산도 있듯이, 눈앞에 놓인 장애물을
치우면 다시 상황이 호전되기 마련입니다. 그리고 한 번 걸

림돌을 제거했으면 그 다음에는 그런 일이 비슷하게 일어나도 당황하지 않고 대처할 수 있는 지혜와 용기가 생기게 마련입니다.

성공 note

처음 맡은 어려움을 피하지 말라. 첫 난관만 돌파하면 그 다음은 오히려 쉬워진다.

용기가 필요한 순간

위대한 용기는 가장 위급한 시련기에 생긴다.
필요한 용기는 오직 시련, 그 자체와 함께 생긴다.

어떤 사람들은 이런저런 상실, 노년,
고통스러운 질병, 불구, 혹은 배우자의 죽음 등을
감당할 용기가 있을까 하고 항상 걱정한다.

불행에 처했을 때 왜 용기가 필요한가?
그것은 용기 있게 직면하는 것이
절망에 빠져 있는 것보다 덜 고통스럽기 때문이다.

좋은 날씨는 언제 느끼는가?
우리가 진정으로 좋은 날씨를 느끼려면
그것이 오랜 동안의 악천후 뒤에 와야만 한다.

아무도 사람을 죽이지 않는다.
스스로가 자신을 죽일 뿐이다.

마찬가지로 우리는 불경기를 겪고 나서야

비로소 호경기를 감사할 수 있게 된다.
인생은 모험으로 사는 것이다.

-폴 투르니에(Paul Tournier : 스위스, 심리학자, 내과의사)

나약한 사람은 작은 불행도 감당하기 힘들지만 의지가 강한 사람은 불행을 이길 수 있는 만반의 준비가 되어 있습니다. 불행이 사람을 죽이지는 못합니다. 그러나 불행의 늪에서 벗어나지 못하면 결국 불행의 동업자가 되어 성공으로 향한 길은 점점 더 멀어지게 됩니다.

불행을 불행으로써 끝을 맺는 사람은 지혜롭지 못한 사람입니다. 불행 앞에서 좌절하는 사람이 되지 말고, 불행을 새로운 출발점으로, 희망의 씨앗으로 이용할 수 있는 현명한 사람이 됩시다.

성공 note

불행에 처했을 때 용기 있게 직면하는 것이 절망에 빠져 있는 것보다 덜 고통스럽다.

인내는 가장 위대한 기도

실패한 사람이 다시 일어나지 못하는 것은
그 마음이 교만한 까닭이다.

성공한 사람이 그 성공을 유지하지 못하는 것도
역시 교만한 까닭이다.

싸움에 있어서는 한 사람이 천 사람을 이길 수도 있다.
그러나 자기 자신을 이기는 자야말로
가장 위대한 승리자이다.

세상에 있으면서 세상을 벗어나라.
욕망을 따르는 것도 괴로움이요,
욕망을 끊는 것도 괴로움이라.

스스로 길을 닦으면서 힘써가라.
가장 위대한 기도는 인내이다.

−석가모니(Sakyamuni : 인도, 불교 창시자)

실패한 사람이 성공하지 못하는 가장 큰 이유는 그 실패를 딛고 일어서는 용기와 다음의 성공을 위해 기다릴 줄 아는 인내심이 부족하기 때문입니다.

누구나 실패를 합니다. 성공한 사람들 중에서도 한번쯤 실패를 경험해 보지 않은 사람은 한 명도 없습니다. 오히려 평범한 사람들보다 성공한 사람들이 실패의 쓴 잔을 더 많이 마셨을지도 모릅니다.

그러나 그 결과를 성공으로 이끈 것은 지난번의 실패를 거울삼아 어떻게 개척해야 할지를 늘 염두에 두면서 인내를 갖고 최선을 다해 실패를 극복해 냈기 때문입니다.

성공 note

인내의 열매는 달다. 자기 자신을 이기는 자야말로 가장 위대한 승리자이다.

인생의 게임

성공은 시도하는 사람의 것이다.
시도하지 않는다면 잃는 것이 없겠지만
얻는 것도 없을 것이다.
만약 어떤 면에서든 시도를 하게 되면
많은 것을 얻게 될 것이다.

성공은 가능한 한 끊임없이 용기 있게 사는 것이다.
성공은 투쟁이요 변화요,
계속 성장하려는 용기를 의미한다.
그리고 모든 제약조건에 속박되지 않는 용기를 말한다.

어떤 식물도 당신이 물을 주지 않거나
충분한 햇빛을 받지 못하면 시들어 죽고 만다.

이것은 성공도 마찬가지다.
인생은 게임이다.
성공자가 되든 실패자가 되든
그것은 당신에게 달려 있다.

아무도 당신을 대신해 살아줄 수 없다.

아무도 당신을 대신하여 성공할 수 없다.

결국 성공은 당신의 것이다.

-오그 만디노(Og Mandino : 미국, 인생철학작가, 성인동화 작가)

　인생은 게임의 연속입니다. 그런데 그 게임은 오로지 자신이 풀어가야 할 게임입니다. 따라서 성공한 사람이 되든 실패한 사람이 되든 그것은 자신에게 달려 있습니다.

　인생이라는 게임의 세계에서는 오직 스스로 게임의 법칙을 정하고 그 법칙대로 살아갈 수밖에 없는 것입니다. 성공의 문을 두드리려면 먼저 자신만을 위한 게임의 법칙을 정하고 성공할 수 있다는 확신을 갖고 나아가야 합니다.

성공은 시도하는 사람의 것이다. 시도하지 않는다면 잃는 것이 없겠지만 얻는 것도 없다.

실패한 자에게 용기를

하나의 깨어진 꿈은
모든 꿈의 마지막이 아니다.
하나의 부서진 희망은
모든 희망의 마지막이 아니다.

폭풍우와 비바람 너머로 별들이 빛나고 있으니
그대의 성곽들이 무너져 내릴지라도
그래도 다시 성곽 짓기를 계획하라.

비록 많은 꿈이 재난에 무너져 내리고
고통과 상한 마음이
세월의 물결에서 그대를 넘어뜨릴지라도
그래도 믿음에 매어 달려라.
그리고 그대의 눈물에서
새로운 교훈을 배우기를 힘쓰라.

-에드가 A. 게스트(미국, 작가, 신학자)

비가 온 뒤의 하늘은 비가 오기 전의 하늘보다 훨씬 맑고

높게 보입니다. 비가 온 뒤의 땅은 그 전보다 더 단단하게 굳어집니다. 비바람을 먹고 자란 야생화는 온실 속의 화초보다 훨씬 생명력이 길고 강합니다.

　'한 번의 실패는 병가지상사(兵家之常事)' 라는 말도 있습니다. 실패에 굴하지 말고 성공할 그 날을 향해 전진하는 자세가 중요합니다.

우리 삶에서 때로는 십 보의 전진을 위해 일 보 후퇴하는 전략이 필요하다.

나에게 달린 일

한 곡의 노래가 순간에 활기를 불어 넣을 수 있다.
한 송이 꽃이 꿈을 일깨울 수 있다.
한 그루 나무가 숲의 시작일 수 있고
한 마리 새가 봄을 알릴 수 있다.

한 번의 악수가 영혼에 기운을 줄 수 있다.
한 개의 별이 바다에서 배를 인도할 수 있다.
한 줄기 햇살이 방을 비출 수 있다.

한 자루의 촛불이 어둠을 몰아낼 수 있고
한 번의 웃음이 우울함을 날려 보낼 수 있다.
한 걸음이 모든 여행의 시작이다.
한 단어가 모든 기도의 시작이다.

한 가지 희망이 당신의 정신을 새롭게 하고
한 번의 손길이 당신의 마음을 보여줄 수 있다.
한 사람의 가슴이 무엇이 진실인가를 알 수 있고
한 사람의 인생이 세상에 차이를 가져다 줄 수 있다.

이 모든 것이 당신에게 달린 일이다.

-틱낫한(Thich Nhat Hahn, 釋一行 : 베트남, 선승)

　　현재 달라이 라마와 더불어 살아 있는 붓다로 불리는 틱낫한 스님은 우리들에게 참된 깨달음의 세계를 들려주고 있습니다. 이 글은 세상만물 하나하나는 그 나름대로 모두 귀한 존재로 각자 그 의미를 갖고 있으며, 그 속에서 우리 인간도 자신의 의미를 깨닫고 자연에 순응하면서 바르게 살라는 경구입니다.

　　내가 존재함으로써 이 세상이 있는 것이라 생각한다면 나 자신이 어떻게 삶을 살아가야 이 세상이 아름다워지고 행복하게 바뀔까를 염두에 두면서 생활할 수 있을 것입니다.

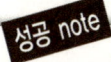

성공 note

한 사람의 가슴이 무엇이 진실인가를 알 수 있고, 한 사람의 인생이 세상에 차이를 가져다 줄 수 있다.

실패자가 되는 길

1. 오늘 할 일을 내일로 연기하라.
2. 의사소통을 분명하게 하지 말라.
3. 장점보다는 단점을 얘기하라.
4. 일을 하지 말라.
5. 목표가 없는 방랑자가 되라.
6. 소극적인 사람이 되라.
7. 자기를 비하하여 평가하라.
8. 늘 걱정만 하라.
9. 일을 억지로 하라.
10. 그냥 그럭저럭 인생을 살아라.

-커미트 루엑(미국, 사업 컨설팅전문가)

실패의 연속에는 엄청난 마음의 고통과 깊은 상처가 남기 마련입니다. 또한 실패가 거듭되면 심적 부담감이 가중되기 때문에 실패에 대한 공포증이나 만성적 무기력증에 빠질 우려도 있습니다.

실패가 거듭되고 하는 일마다 잘 풀리지 않는다면 무엇이 문제인지 자신을 돌아보고 잘못된 부분을 하나하나 짚

어봐야 합니다. 루엑이 말한 '실패자가 되는 길'을 읽으면서 당신의 생활은 어땠는지 다시 한번 생각해 보는 시간이 되길 바랍니다.

실패한 사람들의 경험을 성공의 거울로 삼아라.

링컨의 이력서

이 사람은 22세에 사업에 실패했다.

23세에 주의회의원에서 낙선했다.

24세에는 사업에 또 실패하였으며

그 때문에 17년 동안 그 빚 청산에 매달려야 했다.

25세에는 주의회의원에 당선되어 잠시 기쁨을 누렸으나

26세에는 사랑하는 여인을 잃고 낙심하여

27세에는 신경쇠약과 정신분열증으로 고생하였다.

29세에는 하원의장 선거에 낙선의 패배를 맛보아야 했고

31세에는 대통령 선거에 출마했다가 낙선했으며

34세에는 국회의원 선거에서도 낙선하였다.

37세에는 다시 도전하여 국회의원에 당선되었지만

39세에 국회의원 선거에서 다시 낙선하였다.

46세에 다시 도전한 상원의원 선거에서도 낙선하였고

47세에 도전한 부통령 선거에도 낙선의 아픔을 맛봐야 했다.

49세에는 또다시 상원의원 선거에서 낙선했다.

계속된 실패로 사람들은 그를 낙오자로 여기면서

그의 인생은 이제 끝났다고 생각했다.

그런데 51세에 그에게는 엄청난 일이 발생했다.

드디어 대통령에 당선된 것이다.

그는 계속되는 실패에도 좌절하지 않고

불굴의 노력과 집념으로 실패를 극복하여

포기하지 않는 인간의 표상이 되었다.

그리하여 그는 사후 미국의 인명사전에서

가장 많은 페이지로 설명되는,

미국인에게 가장 존경 받는 위대한 인물이 되었다.

이 사람은 누구인가?

바로 미국 16대 대통령 에이브라함 링컨이다.

그는 그렇게 많이 실패를 했지만 단 한번의 성공으로

최후의 승리자가 되었고

미국뿐만 아니라 세계의 역사 속에 빛나고 있다.

링컨의 이력서를 보십시오. 얼마나 많은 실패와 절망으로 얼룩진 인생입니까? 그러나 링컨은 한 번도 자신을 실패자라고 생각하지 않았습니다. 그래서 패배에 굴하지 않는 강한 집념을 가진 소유자가 되었으며 그러한 집념이 나중에 그를 가장 존경받는 대통령으로 만드는 단초가 되었습니다.

사람은 몇 번 실패했다고 실패자가 되는 것이 아닙니다. 링컨처럼 끈기와 노력 속에서 한 발자국씩 앞으로 전진하는 것이 성공의 지름길입니다.

성공 note

실패를 두려워하지 않는 사람만이 성공을 손에 넣을 수 있다.

나를 바꾸는 지혜의 말

거절당하고 실망하게 되더라도 연연해하지 말자.
나는 매일 모든 면에서 강해지고 있다.
오늘은 어떤 누구도, 어떤 곳에서도, 어떤 것도
나의 기쁨을 빼앗아 갈 수 없다.
오늘도 평화와 조화, 사랑이 충만한 하루가 될 것이다.

긴장과 두려움은 모두 버려라.
좌절하지 말고 해결책을 모색하는 사람이 되자.
끝까지 해내겠다는 자세로 살아가자.
열정을 가지고 끊임없이 노력해서
오늘의 일을 훌륭하게 끝내자.

내가 찾고 있는 것은 동시에 나를 찾아오고 있다.
그러니 항상 내가 무엇을 생각하고 있는지
내가 무엇을 말하고 행하고 있는지 각별히 주의하라.
내 주변에는 많은 정보와 기회들이 흘러넘치고 있다.
이로움은 기대한 곳과
기대하지 못했던 곳에서 다가온다.

오늘 나는 모든 어려움과 난관을 인내하고 주목할 것이다.
지금보다도 더 높은 곳을 향하여
모든 도전을 받아들일 것이다.

-주얼 D. 테일러(미국, 동기부여 컨설턴트)

　무언가 당신 자신에게 정신적 지주가 될 만한 좌우명 하나쯤은 반드시 있어야 합니다. 그 좌우명은 당신을 지혜로운 길로 이끌어 줄 것입니다.
　그리고 힘들 때나 일이 잘 안 풀릴 때 지혜의 글이 담긴 책을 펼쳐서 그 상황에 맞는 글을 찾아 읽으면, 마음이 차분히 가라앉으면서 무엇이 진정 인생의 성공인지 다시금 깨달을 수 있을 것입니다.

성공 note

항상 자신이 무엇을 생각하고 있는지, 무엇을 말하고 행하고 있는지 각별히 주의하라.

자기 암시의 법칙

진다고 생각하면 나는 지는 것이다.
여기서 지면 안 된다고 생각해야 이길 수 있다.
이길 수 있을까 의심한다면 절대로 이길 수 없다.
내가 의심한다면 나는 이미 지고 있는 것이다.

성공은 나의 마음에서 비롯된다.
모든 것은 마음먹기 나름이니까.
자신감을 잃으면 나는 지는 것이다.

모름지기 원대한 생각을 갖고
목표를 달성하기 전에 자신감을 키울 일이다.
위로 올라가려면 항상 위만 쳐다봐야 한다.
이기려면 반드시 자신감이 필요하다.

체력이 강하다고, 아는 게 많다고
인생에서 이기는 것은 아니다.
"나는 할 수 있다."고 생각하는 사람만이 이긴다.

-나폴레온 힐(Napoleon Hill : 미국, 성공 컨설턴트, 동기부여전문가)

나폴레온 힐은 일생 동안 연구와 강연, 저술활동을 통해서 미국을 비롯해 전 세계적으로 개인의 성취와 동기부여 분야에 위대한 업적을 남긴 성공철학자입니다.

오늘부터 그의 외침에 따라 자신을 높이 평가하고 다시 인식하십시오. 그러면 자신의 장점을 발견하고 자신을 사랑할 수 있습니다.

성공한 자기 모습을 그리며 자신의 이미지를 멋있게 설계해 보십시오. 오늘이야말로 좋은 날이고 '내 생애 최고의 날'이라고 생각하십시오. 그러면 그 꿈이 이루어집니다.

자신감을 잃으면 지는 것이다. 오늘이야말로 좋은 날이고 '내 생애 최고의 날'이라고 믿고 행동하라.

패배는 도전의 기회

인간이 아름다운 때는 이기고 자랑할 때가 아니다.
지고 나서의 태도가 더욱 중요하다.
패배의 미학이 사람을 더욱 빛나게 한다.

사람은 승리의 미학을 안다.
그래서 빛나는 챔피언은 한순간 영웅이 될 수 있다.

그러나 인간이 아름다운 것은
승리한 후 자랑할 때가 아니라
패배 후 어떤 태도를 보이는가에 달려 있다.

최선을 다하고 담담하게 패배를 인정한 후
상대를 축복하는 사람에게
졌다는 사실은 패배가 아니라
인생에 있어서 순간적인 휴식을 의미한다.

그에게 패배는 다음 도전을 위한 기회이다.
패배의 미학이 인간을 더욱 빛나게 만든다.

-안드레 초한(인도, 철학자)

실패 하나 하나에 솥뚜껑 보고 놀라듯 놀라기 시작하면 아무 것도 못하고 맙니다. 희망의 여신과 불행의 여신은 동전의 앞뒤처럼 늘 함께 붙어 다닌다고 합니다. 그래서 희비의 쌍곡선이라고 하는 것이죠. 실패는 더 나은 성공을 위한 자양분이라는 생각이 중요합니다.

　실패는 성공의 어머니라고 했습니다. 실수한 순간의 모욕감으로 자포자기하지 말고 실수에서 교훈을 얻고 성숙의 기회로 삼아야 합니다.

성공 note

최선을 다한 사람에게 패배는 다음 도전을 위한 기회이다.

쓸데없는 걱정을 하지마라

우리가 하는 걱정거리의 40%는
절대 현실로 일어나지 않을
사건들에 대한 고민이고,

걱정의 30%는
이미 일어난 사건에 대한 고민이며,
걱정의 22%는
사소한 사건에 대한 고민이고,
걱정의 4%는
바꿔놓을 수 있는 사건들에 대한 고민이다.

나머지 4%만이
우리 힘으로는 어쩔 도리가 없는
진짜 사건에 대한 걱정이다.
즉, 우리가 걱정하는 일들 중
걱정의 96%가 쓸데없는 걱정인 것이다.

쓸데없는 걱정을 하지 마라.
인생을 항상 밝고 긍정적으로 살아라.

그것이 성공의 비결이다.

-어니. J. 젤린스키(미국, 작가, 전문 컨설턴트)

우리가 걱정하는 일의 대부분은 지나고 나면 쓸데없는 걱정일 경우가 많습니다. 한마디로 걱정이라는 것은 거의 100%가 쓸데없는 것입니다. 그러니 부질없는 걱정일랑 하지 말고 긍정적인 자세를 가집시다. 쓸데없는 것들로 근심하며 소중한 시간들을 낭비하지 말고 차라리 그 시간에 삶을 업데이트(Update) 하는 게 현명한 자세입니다.

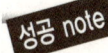
성공 note

쓸데없는 걱정을 하지 마라. 인생을 항상 밝고 긍정적으로 살아라. 그것이 성공의 비결이다.

성공과 실패는 동전의 양면

소아마비를 이기고 미국 대통령이 되었던 루스벨트
청각과 시각 장애를 딛고 꿈을 이룬 헬렌 켈러
무려 2,000번의 실험 끝에 전구 발명에 성공한 에디슨

이들은 좌절과 시련을 극복한 대표적인 사람이다.
우리는 때론 쉽게 어떤 목표에 도달하기도 하지만
어떤 때는 굉장한 집념과 인내가 없이는
이루어질 수 없는 일에 부딪히기도 한다.

그러나 모든 것은 하나의 과정이다.
그 과정 속에서 우리는
실패할 수도 있고, 성공할 수도 있다.

한 가지 확실한 것은
주저앉지 않고 끈기 있게 매달리는 노력뿐이다.
그러한 노력 속에서 한 발자국씩 전진할 수 있다.
그리고 한발 한발 전진하는 과정 속에서
마침내 커다란 뜻을 이룰 수 있는 것이다.

어떤 일을 하는 데 있어서
매번 성공한다는 것은 실제로 있을 수 없다.
거듭되는 성공과 실패의 연속 속에서
인생의 성공과 실패가 판가름되는 것이다.

성공과 실패는 동전의 양면과 같다.
그러므로 실패를 두려워하는 것은
성공의 기회를 박탈당하는 것이다.

　　매번 성공한다는 섯은 있을 수 없는 일입니다. 그러므로
당당하게 실패를 인정하고 다시 시작하면 됩니다. 실패의
원인을 면밀하게 분석하고 바른 해결의 실마리를 찾으면
됩니다. 실패했다고 위축될 것이 아니라 자신의 현주소와
좌표를 냉정히 확인하고 객관적으로 자신을 조명하는 지혜
와 겸허가 필요합니다.

성공과 실패는 동전의 양면과 같다. 그러므로 실패를 두려워하는
것은 성공의 기회를 박탈당하는 것이다.

비난을 두려워하지 말라

우리는 성공한 사람을
선망의 눈초리로 바라보며 부러워한다.
그 사람의 성공 원인이야 어떻든지
결과만을 놓고 그 사람을 부러워하는 것이다.

그러한 부러움 속에는 또
약간의 시기와 질투도 섞여 있게 마련이다.
그리고 그러한 시기와 질투는 이내
그 사람의 험담으로 이어지고
행여나 꼬투리를 잡게 되면
여지없이 비난의 화살을 날리곤 한다.

이렇듯 성공이란 남들의 비난과 빈축이 동반된다.
그러나 성공에 대한 선망과 부러움에서 출발한
비난과 빈축이라는 것을 안다면
두려워할 이유는 어디에도 없을 것이다.
오히려 그러한 빈축을
성공이라는 결과물을 빌어 당당하게 즐겨야 한다.

남들보다 튀게,
모난 돌이 되어 정을 맞는 것이 결코 나쁜 것이 아니라
성공으로 가는 지름길이 될 수 있음을 깨닫고
걸림돌을 디딤돌로 벗 삼아 나가야 한다.

―나카타니 아키히로(中谷彰宏 : 일본, 작가)

　이 글은 『20~30대에 하지 않으면 안 될 50가지』 등 젊은이들을 위한 삶의 지침을 경험자적 입장에서 진솔하게 풀어내 유명해진 아키히로의 성공 메시지입니다.
　당신은 혹시 다른 사람의 눈치를 보느라 당당하게 자신을 주장하지 못하는 것은 아닙니까? 사회생활은 사람들과 함께 어울리는 것이 중요하지만 어차피 자신의 삶은 오직 자신만이 책임져야 하는 고독한 길입니다. 옛말에 모난 돌이 정 맞는다고 했지만 이제는 남들과 다른 튀는 모습을 개성으로 특화해서 자신의 가치를 높이는 시대가 되었습니다.

성공 note

다른 사람의 비난을 두려워하지 말라. 남들보다 튀는 모습, 모난 돌이 되는 것이 성공으로 가는 지름길이 될 수도 있다.

성공인과 실패자의 차이

실패했을 때
성공인은 '내가 잘못했다' 고 말하지만
실패자는 '너 때문에 이렇게 되었다' 고 말한다.

성공인은 남보다 더 열심히 일하면서도
여유가 있고 달려가며 계산하지만
실패자는 게으르면서도 늘 바쁘다고 떠들어 대고
출발도 하기 전에 계산부터 한다.

성공인은 시간을 관리하며 살고
넘어지면 일어나 앞을 보지만
실패자는 시간을 끌며 살고
넘어지면 일어나 뒤를 본다.

성공인은 지는 것도 두려워 않고
과정을 위해 살지만
실패자는 이기는 것도 은근히 두려하며
결과만 위해 산다.

성공인은 문제 속에 뛰어들고
눈이 오면 눈을 치우고 길을 만들지만
실패자는 문제의 변두리만 맴돌고
눈이 오면 눈이 녹기를 기다린다.

성공인은 자기보다 우월한 자를 보면 존경하고
그 사람으로부터 배울 점을 찾지만
실패자는 자기보다 우월한 자를 만나면 질투하고
그 사람의 갑옷에서 구멍 난 곳이 없는지 찾으려 한다.

성공인은 강한 자에게는 강하고 약한 자에게는 약하지만
실패자는 강한 자에게는 약하고 약한 자에게는 강하다.

성공인은 몸을 바치고 행동으로 말을 증명하지만
실패자는 혀를 바치고 말로 행위를 분양한다.

성공인은 책임지는 태도로 살고
인간을 섬기다 감투를 쓰지만
실패자는 약속을 남발하고
감투를 섬기다가 바가지를 뒤집어쓴다.
성공인은 구름 위의 태양을 보지만
실패자는 구름 속의 비를 본다.

우리가 생각해도 성공인과 실패자의 길은 정해져 있습니다. 그렇게 뻔한 길을 알면서도 사람들이 실패를 하는 이유는 인간은 본능적으로 편한 것을 추구하고 도전을 싫어하기 때문입니다.

편한 길로만 가면 성공의 문에 닿기가 하늘의 별 따기처럼 불가능합니다. 항상 남의 길을 답습하지 않고 자신의 갈 길을 참고 걸어갈 때 성공의 길이 열리는 것입니다.

성공인은 지는 것을 두려워 않고 과정을 위해 살지만, 실패자는 이기는 것도 은근히 두려하며 결과만 위해 산다.

실패와 실패자는 다르다

누가 당신을 실패자라 부르는가?

순간의 실패를 영원한 실패로 착각하지 마라. 실패는 당신이 실패자임을 의미하지는 않는다. 그것은 다만 당신이 아직 성공하지 못하였다는 것을 의미할 뿐이다.

실패는 당신이 아무것도 이루지 못했다는 것을 의미하지는 않는다. 그것은 다만 당신이 무언가를 새롭게 배웠음을 의미할 뿐이다.

실패는 당신의 위신이 손상된 것을 의미하지는 않는다. 그것은 다만 당신이 무엇인가를 용감히 시도했음을 의미할 뿐이다.

실패는 당신이 틀렸다는 것을, 이루지 못한 것을 의미하지는 않는다. 그것은 다만 당신이 다른 방법으로 해야 한다는 것을 의미할 뿐이다.

실패는 당신이 열등하다는 것을 의미하지는 않는다. 그것은 다만 당신이 완전한 존재가 아님을 의미할 뿐이다.

실패는 당신이 포기해야 됨을 의미하지는 않는다. 그것

은 다만 당신이 더 열심히 해야 함을 의미할 뿐이다.

실패는 인생을 낭비하였다는 것을 의미하지는 않는다. 그것은 다만 당신이 새 출발해야 할 좋은 이유를 갖고 있음을 의미할 뿐이다.

실패는 당신이 결코 하지 못함을 의미하지는 않는다. 그것은 다만 시간이 약간 더 걸릴 것을 의미할 뿐이다.

실패는 하느님께서 당신을 버리셨다는 것을 의미하지 않는다. 실패는 다만 하느님께서 더 좋은 계획을 갖고 있음을 의미할 뿐이다.

실패와 실패자는 다르다. 일시적 실패는 실수이다. 영원한 실패가 바로 실패자이다. 실패가 실패자가 아니라, 실패 속에 빠지는 것이 정말 실패자이다.

한 번 성공한 것이 성공인은 아니듯, 한 번 실패가 곧 실패자는 아닌 것이다.

-로버트 H, 슐러(Robert H. Schuller : 미국, 심리학자, 목회자)

하늘은 스스로 돕는 자를 돕는 법입니다. 미국에서 가장 유명한 부흥사 중 한 사람인 로버트 슐러 목사는 이렇게 말했습니다.

"나는 아무것도 해보지 않고 성공했다고 자랑하는 것보다는 차라리 위대한 일을 시도했다가 실패하고 싶다."

성공 note

한 번의 실패를 영원한 실패로 착각하지 말라. 실패는 당신이 아직 성공하지 못했다는 것을 의미할 뿐이다.

큰 꿈을 꾸자

꿈을 꾸어야 성공도 한다.
성공한 사람들은 모두 몽상가였다.

그들은 세상을 부드러운 봄바람 속에서
혹은 긴 겨울 저녁의 불꽃이 활활 타오르는
벽난로 가에서 바라보았다.

어떤 이는 이런 멋진 꿈들을 메마르게 하고
어떤 이는 보다 풍요롭게 부추기면서 잘 간직한다.

불행한 시절을 만나면
다시 행복하고 밝은 날을 맞을 때까지
꺼지지 않도록 공을 들인다.

진심으로 꿈이 실현되기를 바라는 사람에게는
행복한 날은 꼭 오기 마련이다.

-우드로우 윌슨(Woodlow Wilson : 미국 28대 대통령)

미국의 윌슨 대통령이 젊은이들에게 남긴 멋진 글입니다. 꿈꾸는 사람에게는 이루지 못할 일이 없습니다. 이상을 위하여 산다는 것, 자신의 꿈을 위해 산다는 것은 인간의 존재 이유이기도 합니다.

꿈을 꾼다는 것은 미래를 향해 달려가는 것입니다. 과거는 다리 밑을 흐르는 물처럼 이미 지나가버렸습니다. 지나간 과거는 어떤 힘으로든 바꿀 수 없는 것입니다. 이제 과거에 있었던 불행은 잊어버리고 오로지 앞을 향해 걸어가야 합니다.

진심으로 꿈이 실현되기를 바라는 사람에게 반드시 꿈은 현실로 이루어진다.

아름다운 승리

육신의 장애를 극복함으로써 더욱 위대한 업적을 남긴 사람들이 많이 있다.

『일리야드』와 『오딧세이』를 쓴 고대 그리스의 시인 호머와 『실락원』을 쓴 영국의 시인 밀턴은 장님이었다. 희랍의 유명한 웅변가인 데모스테네스는 본래 심한 말더듬이에다 발음도 정확하지 못하였으나, 입에 자갈을 물고 피나는 발음 연습을 한 끝에 훌륭한 웅변가가 되었다.

중국 역사가 사마천은 패장을 변호하다가 궁형을 당했고, 거세당한 치욕을 참지 못하여 은퇴한 후 기록하기 시작한 것이 역사서이자 문학서이기도 한 『사기(史記)』이다. 중국 전국시대 법학가요 철학자인 한비자는 심한 말더듬이여서 자신의 이론에 대해 있을지도 모를 논박에 대한 반론을 글로 쓸 수밖에 없었고, 이렇게 해서 쓴 책이 법학서인 『한비자』이다.

『돈키호테』의 작가 세르반테스는 한 쪽 팔을 잃은 상이군인이었고, 미국의 루스벨트 대통령은 서른아홉 살에 소아마비로 두 다리를 못 쓰게 되었음에도 불구하고 네 번이나 대통령에 당선되었다. 그 외에도 베토벤은 청각 장애자였고, 바그너는 피부 질환으로, 반 고흐는 환청에 시달렸으며, 손자는 절름발이였다.

세상에는 육신의 장애를 극복함으로써 더욱 위대한 업적을 남긴 사람들이 많이 있습니다. 이들은 모두가 장애를 극복하고 아름다운 승리를 이룬 주인공들입니다. 우리의 삶에는 많은 선택이 있습니다. 하지만 무엇을 고를 것인가는 자신의 의지에 달려 있습니다.

만약 당신이 건강하다면, 그러면서도 무엇인가로 고민하고 걱정하고 있다면 지금 이 순간부터 당신보다 더 나쁜 환경에 처해 있었으면서도 성공한 사람들을 거울로 삼고 '용기를 내자!'고 스스로에게 주문을 걸어보세요.

성공 note

인간은 육체의 고통과 억압 속에서 용기를 피우는 위대한 존재이다.

기회를 잡자

인생이라는 강을 따라
황금의 순간이 우리를 지나쳐 가도
우리는 모래밖에는 보지 못한다.

천사가 우리를 방문해도
우리는 그들이 떠난 후에야
왔던 사실을 깨닫는다.

실패로 가는 길에는
잡지 못한 기회들이
지저분하게 널려 있다.

-조지 엘리엇(George Eliot : 영국, 소설가)

기회를 기다리기보다 기회를 잡아야 합니다. 우리 인생에 기회는 몇 번밖에 없습니다. 그 기회를 얼마나 잘 이용하느냐 아니면 놓치느냐에 따라 자신의 운명이 결정되는 것입니다.

간혹 더 좋은 기회가 있을지도 모른다고 생각하며 주어

진 기회를 그냥 포기해 버리는 경우가 있습니다. 그러나 기회란 아무때나 오는 게 아닙니다. 이것저것 너무 따지지 말고 인생의 변화와 흐름을 이해하고 받아들이는 자세가 필요합니다.

성공 note

실패로 가는 길에는 우리가 잡지 못한 수많은 기회들이 널려 있다.

실패에 맞서 싸우는 방법

1. 실패라는 말 대신 시행착오라는 말을 사용하라. 희망적인 언어를 사용하는 사람은 쉽게 재기한다.

2. 마지막이라는 생각을 버려라. 실패를 딛고 재도전할 기회는 반드시 찾아온다.

3. 자신을 실패자로 비하하지 말라. 실패의 원인을 분석하고 반성은 하되 비하는 말아야 한다.

4. 항상 실패를 맞을 준비를 하라. 인생은 깊은 수렁도 있고 넓은 초원도 있다.

5. 실패가 예견되면 빨리 단념하라. 사람들은 가끔 차선책에 대한 미련으로 최선책을 놓치는 우를 범한다.

성공한 사람들을 만나보면 중요한 한 가지 공통점이 있습니다. 그것은 그들이 무한한 '열정'으로 똘똘 뭉쳐 있다는 것입니다.

성공한 리더들은 자신의 인생과 일에 대한 열정으로 가
득 차 있습니다. 자신의 일을 좋아하게 되면 일에 대한 긍
정적인 면을 보게 되고 일의 효율도 커지기 마련입니다.

　성공한 사람들의 자서전을 보면 남들이 하지 않는 모험
을 하거나 인생이 순탄치 않았던 경우가 많이 있는데, 그것
은 그들이 마지못해 사는 인생이나 매너리즘에 빠지지 않
고 늘 새로운 도전을 하기 때문입니다.

성공한 리더들은 자신의 인생과 일에 대한 무한한 열정으로 가득
차 있다.

자기 확신을 위한 신념화 행동 10원칙

1. 그것은 절대로 할 수 없을 것이다.
   → 그것은 시도할 만한 가치가 있다!
2. 그것은 이루어지지 않을 것이다.
   → 그것은 내가 스스로 해낼 것이다!
3. 그것은 전에 해본 적이 없다.
   → 나는 처음으로 할 수 있는 기회를 가졌다!
4. 실패한다면 어떻게 될까?
   → 시도조차 하지 않는다면 어떻게 될까?
5. 나는 돈이 없다.
   → 돈은 넉넉한 생각에서 비롯된다!
6. 나는 시간이 없다.
   → 나의 우선순위를 재평가할 수 있다!
7. 나는 전문적인 지식이 없다.
   → 모든 리더는 늘 배우는 사람이다!
8. 전에 시도된 적이 없다.
   → 언제나 개선될 여지가 있다. 나는 현명하다!
9. 그것을 하는 데에는 많은 문제가 따른다.
   → 그것을 이룰 가능성들을 생각하자!
10. 그 일은 끝이 보이지 않는다.

→ 다른 각도로 한 번 더 노력해 보자!

　자기 확신은 성공인생을 쌓아갈 때 제일 중요한 요소입니다. 성공한 사람들이 계속 성공가도를 달려온 것은 아닙니다. 오히려 많은 실수와 실패를 했지만 그것을 극복하고 오히려 배움의 기회로 생각해서 다시 도전했기 때문에 성공할 수 있었던 것입니다.

　마음속으로 '나는 반드시 성공할 수 있다.' 고 외쳐보십시오. 그러면 당신에게 사막의 오아시스처럼 성공의 길이 펼쳐질 것입니다.

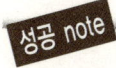

성공 note

무슨 일이든 자기 확신을 가져라. 하루에 한 번 "나는 할 수 있다. 나는 반드시 성공할 수 있다."고 자신에게 주문을 걸어라.

미래에 대한 희망

나는 언제나 일에 전념하고 있다.
그리고 늘 그를 생각하며 지낸다.
내가 항상 어떠한 일에 당면했을 때
당황하지 않고 즉시 처리할 수 있는 것은
미리 여러 가지 발생할 개연성이 있는 경우에 대해서
생각해 두었기 때문이다.

다른 사람이 예상조차 할 수 없는
돌발 사태에 처했을 때에도
즉시 내가 해결해 버릴 수 있게 된 것은
내가 천재이기 때문이 아니라
평상시 행하는 일에 대한
끊임없는 명상과 반성의 결과물인 것이다.

식사할 때나 혹은 극장에서 오페라를 구경할 때도
나는 늘 머릿속에서 움직이고 있다.
나는 2년 후를 생각하지 않고 살았던 때가 없다.

나는 일의 결과에 대해 항상 잘 될 것이라는

자신감을 갖고 철두철미하게 준비하면서 임한다.
나는 미래가 오늘보다는 더 낫다는 확신을 갖고
주어진 일에 항상 혼신의 힘을 다 기울인다.

내 비장의 무기는 아직 손 안에 있다.
그것은 미래에 대한 희망과 끊임없는 노력이다.

–나폴레옹(Napoleon Bonaparte : 프랑스, 정치가, 군인)

　　모든 일의 순서는 '계획'과 '실천' 그리고 '결과에 대한 반성'이라는 사이클에 따라 이루어집니다. 계획 없는 실천은 실패를 자초하게 되며, 결과에 대한 반성 없는 마무리는 보다 나은 내일을 기약하는 데 걸림돌이 됩니다.
　　일을 추진할 때는 톱니바퀴가 서로 맞물려 돌아가듯, 끊임없이 계획을 수립하고 실행에 옮기고 그 결과를 분석하여 피드백 해보는 일련의 과정이 일사분란하게 이루어져야 합니다.

성공을 위한 비장의 무기는 미래에 대한 희망과 끊임없는 노력뿐이다.

내일을 준비하라

내일을 준비하라.
인생을 살아가면서 실패하는 길이 있겠지만
성공할 수 있는 많은 길들이 있다.

만약 그 길에 열매가 없거든
발길을 돌려 다른 길로 가라.

당신이 실패하는 유일한 때는
마지막으로 시도하는 때임을 기억하라.
실패는 삶의 일부분이라고 생각하라.

깨어진 희망 때문에 울어야 하거든 울어라.
그러나 너무 오래 울지 마라.

당신을 기다리고 있는 노래 속에
새로운 희망이 있는 새 길을 찾아라.

일을 하다가 장벽에 가로막혀 더 나아갈 수 없을 때는 무조건 억지로 앞으로만 나아가려 하지 마십시오. 뒤로 한 걸음 물러서서 전체를 보면서 새로운 밑그림을 그릴 줄 알아야 합니다. 성공으로 향한 길은 한 길이 아닙니다. 실패는 우리 삶의 일부분일 뿐입니다.

발명가 에디슨은 "그것을 실패라고 부르지 말고 교육이라고 하라."고 말했습니다. 실패는 당신을 보다 창의적으로 만들어 항상 새로운 것들을 모색하게 합니다.

성공 note

실패는 우리 삶의 일부분일 뿐이다. 그것을 실패라고 부르지 말고 진정한 교육이라고 말하라.

노동 없는 기쁨은 없다

사람이 자기가 하는 일에서 행복을 얻기 위해서는
다음의 세 가지 조건이 충족되어야 한다.

우선 그 일을 좋아하고,
그 일을 지나치게 해서는 안 되며,
그 일이 성공하리라는 생각을 품고 있어야 한다.

일을 바르게 처리하는 방법은 한 가지 뿐이고
일을 바르게 보는 데도 한 가지 방법뿐이다.
그것은 일의 전체를 보는 것이다.

일을 하지 않았는데 보수를 얻었다면
반드시 일을 하고도 보수를 받지 못한 사람이
어디엔가 있다는 말이 된다.

노동이 먼저이고 보답이 그 다음이 될 때,
창조주인 신이 당신의 주인이 될 것이다.
반대로 보답이 먼저이고 일이 그 다음이 될 때,
당신은 보답의 노예가 되고 말 것이다.

기쁨이 없는 노동은 비천하다.
슬픔이 없는 노동도 또한 그러하다.
노동이 없는 슬픔은 비천하다.
노동이 없는 기쁨도 또한 그러한 것이다.

-존 러스킨(John Ruskin : 영국, 비평가, 사상가. 미술운동가)

  일을 억지로 하면 재미가 없습니다. 재미가 없으면 일의 능률도 오르지 않는 법입니다. 그리고 일에 대한 대가도 시원찮아 보입니다. 진정 일을 사랑하고 알토란 같은 결실을 기대하면서 즐겁게 일할 때 일의 능률도 오르고 일할 맛이 나게 됩니다.

  존 러스킨이 말한 '참다운 사람이 되려면 다른 사람보다 더 노력하라.'를 패러디하여 이렇게 외쳐봅시다.

  "당신이 성공하는 사람이 되려면 다른 사람보다 더 열심히 노력하라."

일을 올바르게 처리하는 방법은 지금 진행하는 일의 전체를 보는 것이다.

새로운 가능성을 향해

대다수의 사람들은 자기 앞만 바라본다.
하지만 나는 내 자신을 본다.
오직 나 자신만을 상대한다.

항상 자신을 성찰하며
내 꿈을 불가능이 없는 현실세계로 올려놓는다.

지금이 아니면,
어쩌면 영원히 늦어질지도 모른다.
당신에게는 바로 지금이 그 때이다.

무엇이든 시작하라.
새로운 인생을
새로운 비즈니스를
새로운 가능성을 향해 도전하라.

부단히 연습하라.
연습하면 할수록 더욱
운이 따르게 되는 것이 세상의 이치이다.

행운은 노력하는 자에게만 미소를 안겨준다.

–앤드류 우드(Andrew Wood : 미국, 기업인, 성공 컨설턴트)

비록 오늘 비가 많이 왔다고 내일도, 모레도 날씨가 궂으리라는 법은 없습니다. 언젠가는 반드시 밝고 화창한 날이 오고야 맙니다. 밤이 깊으면 찬란한 새벽이 오고, 추운 겨울이 지나면 새봄이 오는 것이 자연의 섭리입니다.

우리의 인생도 이와 마찬가지입니다. 항상 새로운 가능성은 당신 앞에 열려 있습니다. 행운은 노력하는 자에게만 희망과 미소를 안겨줍니다.

성공 note

무엇이든 시작하라. 새로운 인생을, 새로운 비즈니스를, 새로운 가능성을 향해 도전하라.

자신의 불행을 토로하지 말라

신중한 사람은 같이 일하는 동료들에게
과거나 현재나 자신의 불행을 토로하지 않는다.
운명이란 원래 가장 아픈 상처만을
건드려 조롱하기 때문이다.

동료들의 무관심에 화를 내도 안 된다.
주변에서는 당신의 불행에
점점 쾌감을 느낄 뿐이다.

사람의 마음속에 있는 악의는
경쟁 상대의 약점을 폭로하고
남의 급소를 찾아내려고 집요하게 매달린다.

결국 치명상을 줄 때까지
결코 내버려 두는 법이 없다.
현명한 사람은 남에게
자신의 불행이나 고충을 털어놓는다든지
동정을 구걸하지 않는다.

남몰래 참아내면 언젠가 고통도 사라지고
도움의 손길은 여전히 남아 있게 된다.

-발타자르 그라시안(Balthasar Gracian : 스페인, 작가, 철학자, 정치가)

『세상을 보는 지혜』라는 책으로 유명한 발타자르 그라시
안은 난세를 살아가는 지혜의 글들을 발표한 지혜 이론가
입니다. 그가 말했듯이 사람들은 남의 말을 하길 좋아합니
다. '사촌이 땅을 사면 배가 아프다.' 는 옛말도 있듯이 사
람들은 대부분 겉으로는 남이 잘되는 것을 칭찬하며 반겨
할지 몰라도, 속으로는 나보다 남이 더 잘되는 것을 시기하
고 질투합니다. 그래서 남이 잘 안 되면 그를 화젯거리로
삼아 떠들어대는 것입니다.

다른 사람에게 당신의 약점이나 어두운 면을 보여주지
마십시오. 당신 스스로 고통을 이겨내고 밝은 모습을 찾아
야 합니다.

성공 note

현명한 사람은 남에게 자신의 불행이나 고충을 털어놓거나 동정을
구걸하지 않는다.

인생 계획서

난 인생의 계획을 세웠다. 청춘의 희망으로 가득한 새벽빛
속에서 난 오직 행복한 시간들만을 꿈꾸었다.

내 계획서엔 화창한 날들만 있었다. 내가 바라보는 수평선
엔 구름 한 점 없었으며 폭풍은 신께서 미리 알려 주시리라
믿었다. 슬픔을 위한 자리는 존재하지 않았다. 내 계획서에
다 난 그런 것들을 마련해 놓지 않았다. 고통과 상실의 아
픔이 길 저 아래쪽에서 기다리고 있는 걸 난 내다볼 수 없
었다.

내 계획서는 오직 성공을 위한 것이었으며 어떤 수첩에도
실패를 위한 페이지는 없었다. 손실 같은 건 생각지도 않았
다. 난 오직 얻을 것만 계획했다. 비록 예기치 않은 비가 뿌
릴지라도 곧 무지개가 뜰 거라고 난 믿었다.

인생이 내 계획서대로 되지 않았을 때 난 전혀 이해할 수
없었다. 난 크게 실망했다. 하지만 인생은 나를 위해 또 다
른 계획서를 써 놓았다. 현명하게도 그것은 나한테 자신의
존재를 알리지 않았다. 경솔함을 깨닫고 더 많은 걸 배울

필요가 있을 때까지.

이제 인생의 저무는 황혼 속에 앉아서 난 느낀다. 인생이
얼마나 지혜롭게 나를 위한 계획서를 만들었나를. 그리고
이제 난 안다. 그 또 다른 계획서가 나에게는 최상의 것이
었음을.

-글래디 로울러(미국, 작가)

　자신의 인생을 잘 계획하고 별다른 수정 없이 계획한 대
로 잘 나가는 사람을 보면 신기할 따름입니다. 물론 그런
사람들은 그만한 노력을 들이고 목표의식도 뚜렷한 사람이
겠지요.
　인생 계획에 있어서 자신이 바로 그 계획을 세우는 주체
입니다. 항상 인생을 어떻게 채울까 하고 구체적인 내용을
검토하면서 계획을 세워나갑시다.

인생은 수많은 계획서를 실천해 가는 과정이다.

모든 것에는 때가 있다

우리 인생에 영원한 상태는 없다는 것을 명심하라.
자연과 마찬가지로 인생에도 계절이 있다.
당신 앞에 닥쳐온 상황은 그것이 좋은 것이든
나쁜 것이든 영원히 계속되지 않는다.

1년 후의 계획은 세우지 말라.
전쟁에서와 마찬가지로 인생에서도
장기간에 걸친 계획은 의미가 없다.
모든 것은 미리 예측할 수 없는
적의 불규칙한 움직임을 어떻게 맞이하고
그것을 어떻게 처리하느냐에 따라 달라지는 것이다.

준비하지 않으면 당신의 적은 생활의 주기일 수도 있다.
그것은 거대한 파도가 해변 위에 솟구쳤다가
떨어지는 것처럼 높고 낮음의 신비로운 리듬이다.
밀물과 썰물, 일출과 일몰, 부와 가난, 환희와 절망,
이러한 모든 것에는 다 때가 있다.

끊임없이 성공만을 거두며

파도의 꼭대기에 앉아 있는 부자를 가련하게 여겨라.
재난이 닥쳐오면 그는 아무런 대비도 없이
완전히 파멸할 것이다.
언제나 최악의 사태에 대비하라.

실패에 실패를 거듭하고 슬픔과 고통만을 경험하며
물결의 골짜기에 파묻혀 있는
가난한 사람들을 가엾이 여겨라.
결국 그는 물결이 바뀌어 이제 성공이 그를 포옹하려 할 때
노력을 포기해 버리고 말 것이다.

　식물도 싹을 틔워야 할 시기가 따로 있듯이 사람도 공부할 때, 취업할 때, 결혼할 때 등 인생의 시기가 따로 정해져 있습니다. 그에 맞는 적당한 시기에 합당한 일을 하지 못하면 그 시기는 다시 오지 않는 법입니다. 때를 놓치지 마십시오. 왜 그 때 그 일을 안했을까 하고 후회해도 이미 늦습니다.

성공 note

우리 앞에 닥쳐온 상황은 그것이 좋은 것이든 나쁜 것이든 영원히 계속되지 않는다.

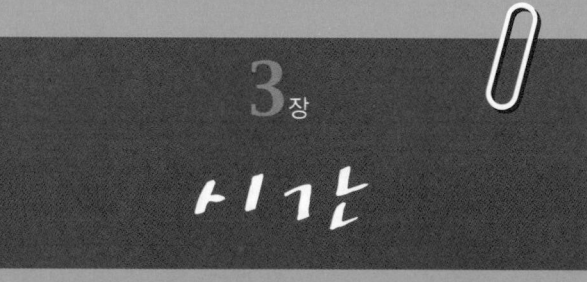

3장

시간

사람의 일생은 돈과 시간을 쓰는 방법에 의하여 결정된다. 이 두 가
지 사용법을 잘못해서는 결코 성공할 수 없다.

-다케우치 히토시-

변화와 성공을 부르는 황금률 · 시간

3

시간

승리의 시간

당신은 언젠가는 가장 많은 실적을 올릴 것이라고
장담하던 바로 그 사람이 아닌가?

그러나 당신은 단지 지식과 원대한 포부만을 자랑해 왔다.
그것은 결국 갈 길이 아직 멀다는 것을 증명할 뿐이었다.

한 해가 흘러갔는데 당신은 무슨 변화를 가져왔는가?
무슨 일들을 이룩해 놓았는가?

시간, 새해, 새로운 열두 달이 당신의 명령만을 기다리는데
그 중 얼마를 기회와 도전을 위해 사용할 것인가?

당신은 과거처럼 또 많은 시간을,
많은 기회들을 헛되이 버리고 말 것인가?

우리는 당신의 이름을 성취자의 명단에서 찾을 수 없었다.
왜 그럴까? 그 이유를 설명해 보라.

그 이유는 기회가 부족했기 때문이 아니라

여느 때와 마찬가지로
단지 실천하려는 행동이 부족했었음을 알라.

−허버트 카우프만(미국, 성공 컨설턴트)

　고생 끝에 낙이 온다는 '고진감래(苦盡甘來)'라는 말이 있습니다. 승리는 저절로 나에게 주어지는 선물이 아닙니다. 그에 맞는 노력과 열정과 인내가 수반되어야 하는 것입니다. 항상 그 시대의 트렌드(Trend)를 예의주시하면서 그보다 앞서가는 창조적인 사람이 되어야 하겠습니다.

　그리고 비록 한 번 성공의 월계관을 썼다고 결코 자만해서는 안 됩니다. 더 크고 아름다운 승리의 월계관을 향해 겸허한 마음으로 전진해야 합니다.

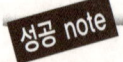

성공 note

항상 그 시대의 트렌드(Trend)를 예의주시하면서 그보다 앞서가는
창조적인 사람이 되라.

시간은 기다리지 않는다

인생은 뿌리도 꼭지도 없이
길 위에 먼지처럼 날아다니는 것.

흩어져 바람 따라 굴러다니니
이것은 이미 무상한 몸이라
땅 위에 태어나면 모두가 형제이니
어찌 반드시 혈육만을 따지랴.

기쁜 일이 생기면 마땅히 즐겨야만 하는 것이니
한 말의 술이라도 받아놓고 이웃을 모은다.

한창 때는 다시 오지 않고
하루에 새벽이 두 번 있기는 어려운 것.

때를 놓치지 말고 마땅히 힘써야만 하는 것이니
세월은 사람을 기다려 주지 않는다.

–도연명(陶淵明 : 중국 송시대, 전원시인)

유명한 한시 「귀거래사(歸去來辭)」를 지은 도연명은 자연 친화적인 사람으로 우리들 가슴속에 무릉도원의 꿈을 심어 주었습니다. 그의 말대로 시간의 허비만큼 인생을 기울게 하는 것은 다시없습니다.

세상 만물은 시간 속에 내재해 있어 사람 또한 그 한정 속에 삽니다. 하지만 어떤 이는 그 제약 속에 묶이고 어떤 이는 그 속에서도 자유롭습니다. 그것은 한 마디로 기회의 포착 여부에 달려 있다고 할 수 있습니다.

때를 놓치지 말라. 시간은 사람을 기다려 주지 않는다.

'오늘'이라는 선물

일 년의 소중함을 알고 싶으면
입학시험에서 떨어진 학생들에게 물어보라.
일 년이라는 시간이 얼마나 짧은지 알게 된다.

한 달의 소중함을 알고 싶으면
미숙아를 낳은 산모에게 물어보라.
한 달의 시간이 얼마나 힘든 시간인지 알게 된다.

한 주의 소중함을 알고 싶으면
주간잡지 편집장에게 물어보라.
한 주의 시간이 쉴 새 없이 돌아간다는 걸 알게 된다.

하루의 소중함을 알고 싶으면
아이가 다섯이나 딸린 일일노동자에게 물어보라.
하루 24시간이 정말로 소중한 시간이라는 걸 알게 된다.

한 시간의 소중함을 알고 싶으면
약속장소에서 애인을 기다리는 사람에게 물어보라.
한 시간이라는 시간이 정말로 길다는 걸 느끼게 된다.

일 분의 소중함을 알고 싶으면
기차를 놓친 사람에게 물어보라.
일 분의 시간이 소중하다는 걸 알게 된다.

일 초의 소중함을 알고 싶으면
간신히 교통사고를 모면한 사람에게 물어보라.
그 순간이 운명을 가를 수 있는 시간이라는 걸 알게 된다.

천 분의 일 초의 소중함을 알고 싶으면
올림픽에서 아쉽게 은메달을 딴 사람에게 물어보라.
천 분의 일 초에 신기록을 세울 수 있다는 걸 알게 된다.

당신이 가지는 모든 순간을 소중히 여겨라.
시간을 투자할 만큼 소중한 사람과 시간을 공유했기에
그 순간은 더욱 소중하다.

시간은 아무도 기다려주지 않는다
어제는 이미 지나간 역사이며
미래는 누구나 알 수 없는 신비이다.
오늘이야말로 당신에게 주어진 선물이다.
그래서 우리는 현재(Present)를 선물(Present)이라 부른다.

-더글라스 아이베스터(Douglas Ibester : 미국, 기업가)

이 글은 더글라스 아이베스터가 미국 코카콜라 사의 회장으로 재직할 때 전 직원들에게 발표한 신년사로, 미국 사회 전반에 큰 반향을 불러 일으켰다고 합니다.

오늘 하루는 우리들에게 주어진 그 어떤 것보다도 소중한 선물입니다. 왜냐하면 한번 지나간 시간은 영영 되돌아오지 않으니까요. 오늘이라는 선물은 받은 즉시 유용하게 활용해야 합니다. 신비로운 미래의 빗장을 기대어린 표정으로 힘차게 열려면 오늘 하루 알차게 보내야 합니다.

성공 note

'오늘' 이라는 시간이야말로 신이 인간에게 주는 가장 커다란 선물이다.

인생을 만드는 재료

그대는 인생을 사랑하는가?
그렇다면 시간을 낭비하지 말라.
왜냐하면 시간은 인생을 구성한 재료이니까.

똑같이 출발하였는데 세월이 지난 뒤에 보면
어떤 사람은 뛰어나고
어떤 사람은 낙오자가 되어 있다.
이 두 사람의 거리는
좀처럼 접근할 수 없는 것이 되어 버렸다.

이것은 하루하루 주어진 시간을
누가 더 잘 이용했느냐, 헛되이 보냈느냐의 결과이다.
만일 자기의 시간을 다른 사람을 위해
모두 사용한다면 진짜 자기는 결코 될 수 없다.

맛깔스런 김치를 담그기 위해서는
재료와 양념이 잘 배합되어야 하듯
좋은 인생, 멋진 인생을 만들기 위해서는
우리에게 주어진 시간이라는 재료를

잘 활용할 줄 알아야 한다.

시간을 아껴 활용할 줄 알아야 한다.
시간은 돈보다 훨씬 더 값진 것이다.

시간은 인생이다.
시간은 인생을 만드는 재료인 것이다.

−벤자민 프랭클린(Franklin Benjamin : 미국, 정치가, 저술가, 과학자)

　시간을 멈추게 할 수만 있다면 이 세상 모든 것은 그 사람의 몫이 될 것이라 할 정도로 시간의 가치는 무한합니다. 시간은 우리의 인생을 만드는 재료이므로 그 어떤 것보다도 가치 있는 자산입니다.
　서로 대화하고 있는 두 사람 사이에서 시간은 똑같이 흘러가지만 그 결과는 받아들이는 마음 자세에 따라 천양지차로 나타나게 됩니다.

시간은 성공 인생을 만드는 가장 중요한 재료이다.

시간 사용법

아침에 일어나 보라!
당신의 맥박은 24시간으로 차 있다.
모두 당신의 것이다.

시간은 소유하는 것 중 가장 귀한 것
아무도 빼앗아갈 수 없고 훔칠 수도 없다.
어느 누구도 당신보다 더 받거나 덜 받을 수도 없다.
시간의 세계에서는 부자나 박식한 자의 계급도 없다.
천재라고 해서 한 시간이 더 주어지는 것도 아니다.

당신이 원하는 만큼 시간을 낭비했다고 해서
미래의 시간 공급이 중단되지는 않는다.
단지 지나가는 시간을 낭비할 뿐
그러나 내일을 낭비할 수는 없다.

철을 녹여 만든 평평한 막대기는 5달러이고
이 막대기를 만든 똑같은 철로
말발굽을 만들면 10달러 50센트이다.
바늘을 만들면 353달러이고

칼날을 만들면 3,285달러이다.
그리고 시계에 들어가는 평형 스프링을 만들면
똑같은 이 철이 250,000달러가 된다.

시간도 이와 마찬가지다.
어떤 사람이 한 시간을 써서 말발굽을 만들 동안
어떤 사람은 똑같은 한 시간을 가지고 바늘을 만든다.
적은 수의 사람들이 철을 칼날로 변화시키는 방법을 안다.
그리고 아주 극소수의 사람만이
이 황금 같은 한 시간을
시계 스프링으로 만드는 노하우를 갖고 있다.

-레스터 로즌(Rester Rozen : 미국, 성공 세일즈맨)

　말단 세일즈맨에서 출발하여 미국의 갑부가 된 레스터 로즌의 말은 우리들에게 많은 것을 시사해 주고 있습니다. 시간이라는 재료는 당신이 어떻게 배합하느냐에 따라 그 가치의 차이가 천차만별로 다르게 나타나는 것입니다.
　음식도 맛깔스럽게 만들려면 재료의 배합을 잘 해야 하듯, 시간이라는 요소를 어떻게 배합하느냐에 따라 그 가치는 확연히 다르게 나타나는 것입니다.
　누구나 똑같이 출발해도 항상 일등과 꼴찌는 존재하게

되는 법입니다. 얼마나 나에게 주어진 시간을 유효적절하
게 활용하는가에 따라 성공 인생의 갈림길이 정해지게 되
는 것입니다.

성공 note

항상 일등과 꼴찌는 존재한다. 시간을 어떻게 사용하느냐에 따라
그 갈림길이 정해진다.

일의 소중함

사람은 일하기 위해서 태어났는지도 모른다.
아무리 좋아도 지속적으로 할 수 있는 것은 일밖에 없다.

제일 불쌍한 사람은 일이 없는 사람이다.
할 일이 없으면 무능해지고 활력이 없고
무슨 일이든 삶의 맛이 안 난다.
그리고 쉽게 지치고 건강을 해치기 쉽다.

지금 하고 있는 일은
적성이 맞지 않아서, 장래성이 없어서 등의 이유로
적당히, 혹은 소홀히 하는 경우가 많다.

내가 지금하고 있는 일에 충실하고 열심히 했을 때
우리에겐 복된 삶이 찾아오는 것이다.
시한부 인생을 사는 사람에게 오늘, 혹은 내일은
황금과도 바꿀 수 없는 소중한 시간들이다.

흘러가면 다시오지 않는 아까운 시간을
현재의 일에 즐거움을 가지고 전력투구하고 투자해서

아낌없는 삶을 살아가는 것이
인생을 산 듯이 살아가는 것이 아닐까?

　혹시 당신은 지금 하는 일이 힘들다고, 일하기 싫다고 생각하진 않으십니까? 만약 그렇게 생각한다면 그것은 행복한 고민입니다. 지금 우리 주위에는 일자리가 없어 방황하는 사람들이 너무나 많습니다. 일하고 싶어도 몸과 여건이 주어지지 않아 못하는 사람들이 부지기수입니다.
　또한 일을 하는 시기, 공부하는 시기는 모두 때가 있습니다. 그 때가 지나면, 때를 놓치게 되면 하고 싶어도 못하게 됩니다. 노인들이 가장 하고 싶어 하는 것이 무엇인지 아십니까? 바로 일이랍니다.

성공 note

이 세상에서 제일 불쌍한 사람은 하는 일이 없는 사람이다.

무형의 재산

시간을 절제하면 우리가 지금 생각하는
이상의 유익을 나중에 받을 것이요,
시간을 낭비하면 우리가 지금 생각하는 이상으로
지적, 도덕적 퇴보를 볼 것이다.

우리는 인생을 살아오면서 시간을 낭비하는 사람치고
성공한 사람을 보지 못하였고
행복한 사람을 보지 못하였다.

많은 사람들이 실패하는 이유의 큰 부분은
시간을 공짜라고 여기기 때문이다.
그러나 시간은 무형의 재산이다.

사람의 가치는 시간의 활용방법에 의해 결정된다.
당신이 시간을 낭비하고 있다고 생각할 때
시간은 바로 당신을 버리고 있는 것이다.

−윌리암 그래드스톤(William E. Gladstone : 영국, 정치가)

영국의 국무총리를 역임했던 그래드스톤은 빅토리아 여왕이 '이 세상에서 가장 중요한 지도자'라고 칭송할 정도로 훌륭한 정치가였습니다. 우리들은 공기의 소중함을 인식하지 못하고 지내듯이 시간의 소중함 또한 잊고 지냅니다. 그냥 공기나 시간은 무한정 있는 것으로 착각하면서 한평생을 살아갑니다.

그러다가 화재가 발생하여 숨이 막혀 죽을 지경이 되었을 때에야 공기의 소중함을 알고, 몸에 병이 나거나 또는 사고로 다쳐서 시한부 인생의 판결을 받은 후에야 시간의 소중함을 뼈저리게 알게 됩니다.

성공 note

사람의 가치는 무형의 재산인 시간 활용법에 의해 결정된다.

새벽을 맞이하라

성공을 하려면 세 가지를 기다리지 않게 해야 한다.
첫째, 아침 해가 나를 기다리지 않게 하고
둘째, 밥상이 나를 기다리지 않게 하고
셋째, 손님이 나를 기다리지 않게 해야 한다.

그 중에도 새벽 시간을 잘 선용해야 한다.
새벽은 인생의 성공과 실패를 좌우한다.
새벽은 인간이 몰두할 수 있는 최고의 좋은 시간이다.

모든 지적인 힘과 영적인 힘은 새벽에 온다.
자신도 놀랄 만큼의 힘도 새벽에 온다.
생(生)의 열정적인 불도 새벽에 임한다.

강하고 담대한 생의 온유함도 새벽에 온다.
땅을 차지하는 생의 기운도 새벽에 온다.
하늘을 움직이는 인생의 겸손함도 새벽에 온다.

안일과 쾌락의 넓은 파멸의 길에서
또는 고난과 역경 속에서

나아갈 길을 선택하는 힘의 깨달음도 새벽에 온다.
모든 것을 참고, 모든 것을 믿고
모든 것을 바라고, 모든 것을 견디는
사랑의 능력도 새벽시간에 일어난다.

남을 저주하기보다 축복하는 깨끗한 마음,
고상한 심성도 새벽을 깨울 때 일어난다.
새벽을 기다리게 하지 말고 스스로 맞이하라.
그것이 성공의 제1법칙이다.

　　당신이 먼저 시간을 기다려야지 시간이 당신을 기다리게 해
서는 안 됩니다. 시간을 소홀히 다루는 사람은 항상 인생을 남
에게 끌려가면서 살 수밖에 없습니다.
　　새벽 시간이 가져다주는 집중과 평안의 순간은 경험해 본
사람만이 알 수 있을 것입니다. 너무 고요해서 시간의 흐름도
느낄 수 있는 순간, 자신의 삶을 정갈하게 다듬을 수 있는 순
간이 바로 새벽의 시간이 아닐까요?

 성공 note

시간을 기다리게 하지 말고 스스로 먼저 맞이하라.

데드라인

모든 일에는 데드라인이 있다.
마감 날짜가 없는 일이란 결코 없다.

모든 계획과 실행은
마감 날짜를 전제로 해서 이루어져야 한다.
마감 날짜가 없는 일은 스스로 어느 기간을 정해
마감 날짜를 정하고 나서 일을 추진해야 한다.
비록 마감 날짜가 없는 일이라 해도
자신의 인생에는 마감이 있기 때문이다.

무슨 일이든지 일에 임하는 데 있어서는
맞추어진 데드라인에 충실하지 않으면
그 가치는 그만큼 반감되고 만다.

데드라인은 필수적인 사회의 약속이며
그 일을 주는 데에 대한 조건이다.
주어진 기일에 대해 어떤 불평과 불만을 가져서는 안 된다.
자신에게 주어진 기한이야말로
일 그 자체만큼이나 더없이 중요하기 때문이다.

사소한 일이라도 매일 조그만 데드라인을 정하고
정한 것에 대한 성취도를 계속 느끼며
성공을 맞추어 나가는 것만큼
인간의 정신을 고양시키는 것도 없다.

당신에게 커다란 프로젝트가 맡겨졌다면
하루하루 그 데드라인에 미래를 걸고 집착하라.
성공은 하루하루 자기성취의 밑바탕 위에
튼튼하게 서 있는 탑이기에
데드라인 설정은 꼭 필요하다.

데드라인에 맞추어 나가는 습관을
몸에 베이게 이끌었다면
비로소 당신은 일을 해 나가는 것에 비해
그 질도 결코 떨어지지 않는다는 것을 알게 될 것이다.

-아놀드 베네트(Arnold Bennett : 영국, 사상가, 소설가)

『아침의 차 한 잔이 인생을 결정한다』의 저자이기도 한
아놀드 베네트는 생활철학과 관련된 글을 많이 썼습니다.
우리 인생은 무슨 일을 하든지 간에 마감의 연속입니다. 마
감 날짜가 없는 일은 정말 하나도 없습니다.

세일즈맨이나 비즈니스맨도 주어진 일의 분량을 꼭 채워야 인정받는 것처럼 무슨 일이든지 반드시 그것을 완결해야 하는 시기가 있습니다.

무슨 일을 하든지 꼭 데드라인(deadline)을 지키는 습관을 길러라.

값진 삶

그대가 삶을 값지게 보내고 싶다면,
날마다 아침에 눈을 뜨는 순간 이렇게 생각하라.
오늘은 단 한 사람을 위해서라도 좋으니
누군가 기뻐할 만한 일을 하고 싶다고.
꼭 기쁨을 주어야겠다고.
오늘 가장 좋게 웃는 자는 역시 최후에도 웃을 것이다.

−니체(Nietzsche, Friedrich Wilhelm : 독일, 철학자, 시인)

　오늘은 단 한 사람을 위해서라도 좋으니 누군가 기뻐할
만한 일을 하고 싶다고 생각하면서 하루의 문을 열면 그 결
과는 당연히 만족스럽지 않을까요? 시작이 반이라는 말이
있듯이 하루를 멋지게 출발해 봅시다. 항상 긍정적인 생각
을 갖고 생활해야 일이 잘 풀리는 법입니다.

성공 note

오늘 가장 좋게 웃는 사람이 최후에도 웃을 것이다.

5분의 철학

아침에 일어나려고 생각했던 시간보다 5분 먼저 일어나고
출근하는 직장에 다른 사람보다 5분 먼저 도착하고
퇴근시간에는 남보다 5분 늦게 퇴근한다.

모든 업무는 마감시간보다 5분 먼저 달성하여 처리하고
목표를 세울 일이 있을 때는 5분 빨리 세우도록 하며
착수하려고 마음먹은 일은 5분 먼저 시작한다.

남의 장점은 다른 사람보다 5분 먼저 칭찬하고
자동차로 장거리를 달릴 때는 5분 늦게 가도록 하고
남과 토론할 때는 상대방보다 5분 늦게 말한다.

상대방 얘기의 핵심은 5분 빨리 인식하여 감을 잡고
누가 귀에 거슬리는 말을 하더라도 즉각적인 반응보다는
5분간만 생각하고 그 때 가서 말을 한다.

각종 회합과 약속장소에는 5분 먼저 도착하고
남의 집에 방문했을 때는 용무를 마치고
예정된 시간보다 5분 먼저 일어난다.

무슨 결정을 내려야 할 때는
5분 늦게 결정하여 5분 먼저 착수하고
다른 사람의 잘못이나 실수에 대해 비판할 일이 있을 때는
남보다 5분 늦게 비판한다.

실패한 일이거나 기분 나쁜 일이 생겼을 때는
5분 빨리 잊어버리고
무슨 일이 잘 안 되거나 어려울 때는
즉시 포기하지 말고 5분 늦게 포기한다.

전혀 용서할 수 없는 잘못이라도
상대가 잘못을 뉘우치기 전에 5분 먼저 용서하고
상대방의 질책이나 하소연은 5분 정도 들어주고
나의 변명이나 설명은 5분 늦게 시작한다.

'시간을 제압하는 사람이 운명을 제압한다.'는
위대한 사실을 명심하여
내가 차고 있는 시계의 바늘을 5분 빨리 해 놓으며
잠자리에 들 때에는 예정된 시간보다 5분 늦게 취침한다.

하루는 24시간이고, 이것을 분으로 하면 1,440분, 초로 하면 86,400초 입니다. 그 하루 시간 중 남보다 5분, 즉 300초 먼저 일을 시작하고 5분 늦게 끝내보세요. 비록 얼마 되지 않는 작은 시간이지만 그 결과는 매우 크게 나타납니다. 1등과 2등의 차이는 바로 이 5분에 달려 있는 것입니다.

한 번 마음을 곧추세우고 내일부터 당장 실행해 보면 어떨까요. 하루 중 불과 0.3%, 즉 1/288 밖에 안 되는 시간을 남보다 일찍 시작하면서 알차게 보냅시다. 세상이 서서히 당신 곁으로 다가옴을 그 순간부터 느낄 수 있을 것입니다.

성공 note

1등과 2등의 차이는 바로 5분이라는 시간에 달려 있다.

시간은 금보다 귀하다

프랑스 수상이 되었던 에리오가 시장으로 있을 때였다. 시장의 파티에 초청된 외국의 명사들이 이렇게 칭찬했다.

"프랑스 사람들은 과연 시간을 금처럼 이용하는군요."

그러자 에리오 시장은 "시간은 금보다 귀합니다. 시간은 시간인 것입니다."라고 말했다.

인도의 독립을 위해 평생을 바쳤던 비폭력 무저항주의의 상징인 간디가 대영제국의 식민지 하에 있던 조국 인도의 주요 각료회의를 열었다. 그날 조국의 독립에 대해 의논하기 위해 회의를 주관하였을 때의 일이다.

일부 몇몇 각료들이 회의 시간을 지키지 않고 지각하는 바람에 회의가 예정시간보다 약 30분 정도 늦게 시작되었다. 얼마 후 자리가 대충 정리되자 회의 주관자인 간디는 엄숙하고 강건한 어조로 각료들을 향해 다음과 같이 질타하였다.

"오늘 회의에 몇 명의 각료들이 게으름을 피워 우리 조국 인도의 독립은 무려 30분이나 더 늦어지고 말았습니다. 시간은 우리에게 있어서 가장 소중한 재산인 것입니다."

시간은 과거도 미래도 아닌 현재시제이다.

지금 이 순간이 지나면 다시 돌아오지 않는다.

매일 매일은 새로운 시작이다.

세상에서 가장 큰 선물은 시간이다.

-피터 드러커(Peter Ferdinand Drucker : 미국, 경제학자)

이 글은 '20세기 최후의 지식경영 르네상스인' 으로 불리는 미국의 경제학자 피터 드러커 박사가 평소에 시간의 소중함을 강조하면서 자주 인용하는 예화입니다.

한 번 흘러간 시간은 다시 돌아오지 않습니다. 그래서 시간은 금보다 더 소중한 것입니다. 당신과 상대방의 시간을 아끼며 낭비하지 않도록 배려할 줄 아는 마음가짐이 중요합니다.

성공 note

우리 앞에 놓인 시간은 과거도 미래도 아닌 현재시제이다.

잠시 후면

잠시 후면 당신은 손을 잡는 것과
영혼을 묶는 것의 차이를 배울 것이다.
사랑은 기대는 것이 아니고 함께 있는 것이
안전을 보장하기 위함이 아니라는 걸 배울 것이다.

잠시 후면 당신은 입맞춤이 계약이 아니고
선물이 약속이 아님을 배우기 시작할 것이다.
그리고 잠시 후면 어린아이의 슬픔이 아니라
어른의 기품을 갖고서 얼굴을 똑바로 들고 눈을 크게 뜬 채
인생의 실패를 받아들이기 시작할 것이다.
그리고 당신은 내일의 토대 위에 집을 짓기엔
너무도 불확실하기 때문에
오늘 이 순간 속에 당신의 길을 닦아나갈 것이다.

잠시 후면 당신은 햇볕조차도 너무 많이 쪼이면
화상을 입는다는 사실을 배울 것이다.
따라서 당신은 이제 자신의 정원을 심고
자신의 영혼을 가꾸리라.
누군가 당신에게 꽃을 가져다주기를 기다리기 전에.

그러면 당신은 정말로 인내할 수 있을 것이고

진정으로 강해질 것이고

진정한 가치를 당신 안에 지니게 되리라.

인생의 실수와 더불어 당신은 더 많은 것을 배우게 되리라.

-베로니카 A. 쇼프스톨

무언가 해결이 되지 않는다거나 가슴 아픈 일을 당해 심기가 몹시 불편할 때 어른들은 "시간이 모든 것을 해결해준다."고 말합니다. 또는 '세월이 약' 이라고도 합니다.

인생길을 가다보면 걸림돌도 나타나겠지만 그것을 뛰어넘고 묵묵히 제 갈 길을 가다보면 모든 것은 자연히 해결될 것입니다. 물론 사후약방문(死後藥方文)이 되지 않도록 실수와 실패를 하기 전에 미리 철두철미하게 계획을 세워 미연에 방지하는 유비무환의 자세가 더 현명한 처세술이겠죠.

성공 note

내일의 토대 위에 집을 짓기보다 오늘 이 순간에 너의 길을 닦아라.

충분한 시간을 가져라

일하는 데 충분한 시간을 가져라.
이것은 성공의 대가이다.
생각하는 데 충분한 시간을 가져라.
이것은 힘의 근원이다.

운동하는 데 충분한 시간을 가져라.
이것은 끊임없는 젊음 유지의 비결이다.
독서하는 데 충분한 시간을 가져라.
이것이 바로 지혜의 샘이다.

친절을 베푸는 데 충분한 시간을 가져라.
이것은 행복으로 가는 길이다.
꿈을 가지는 데 충분한 시간을 가져라.
이것은 당신의 마차를 별나라로 이끌어줄 것이다.

사랑하고 사랑받는 데 충분한 시간을 가져라.
이것은 구원받을 사람들의 특권이다.
주위를 돌아보는 데 충분한 시간을 가져라.
이것은 자신만을 위해 살기에는 인생이 너무 짧기 때문이다.

웃는 데 충분한 시간을 가져라.
이것은 내 영혼의 음악이다.
정신을 가다듬는 데 충분한 시간을 가져라.
이것은 인생의 유일한 영구불변의 투자이다.

  "급할수록 돌아가라."는 속담이 있습니다. 시간이 없다
고 시간이 촉박하다고 너무 서둘러 일을 행하는 것은 위험
합니다. 매사 일을 처리할 때는 충분한 생각과 준비를 갖고
실행해야 합니다. 대충대충 일을 하는 사람은 자기 인생 또
한 그렇게 대충 살기 마련입니다.
  빙산의 경우 9/10는 물에 잠겨 있고 떠 있는 것은 고작
1/10이라고 합니다. 우리도 무엇을 행동에 옮길 경우에는
사전에 심사숙고해야만 시행착오를 겪지 않게 됩니다.

독서하는 데 충분한 시간을 가져라. 이것이 바로 지혜의 샘이다.

시간의 두 얼굴

가장 현명한 시간은 위기를 슬기롭게 극복하는 시간이고
가장 명예로운 시간은 남을 위해 봉사하는 시간이다.

가장 미련한 시간은 사소한 일도 처리 못하는 시간이고
가장 떳떳한 시간은 잘못을 스스로 인정하는 시간이다.

가장 분한 시간은 모욕을 당하는 시간이며
가장 비굴한 시간은 변명을 늘어놓는 시간이다.

가장 겸손한 시간은 분수에 맞게 행동하는 시간이고
가장 낭비하는 시간은 방황하는 시간이다.

가장 자유로운 시간은 규칙적인 시간이고
가장 억압받는 시간은 죄를 짓고 쫓기는 시간이다.

가장 파렴치한 시간은 남에게 피해를 끼치는 시간이고
가장 쓸모없는 시간은 무사안일한 시간이다.

가장 불쌍한 시간은 구걸하는 시간이고

가장 많은 시간은 사소한 시간을 활용하여 얻은 시간이다.

가장 가치 있는 시간은 최선을 다한 시간이고
가장 귀중한 시간은 지금 바로 이 순간이다.

　시간의 의미는 이렇게 다양합니다. 당신은 오늘 아침 하루를 어떻게 보내려고 생각했습니까? 오늘 하루 당신이 보낸 시간은 어떤 의미를 안겨주었습니까? 하루 일을 마친 지금 자신이 쌓아놓은 발자취에 대해 만족하십니까?
　아름다운 일들로 하루하루를 장식하면서 시간의 가치를 되새겨보는 귀한 시간이 되길 바랍니다.

가장 가치 있는 시간은 최선을 다하는 시간이다.

내 영혼이 갈 곳

아, 새벽 동은 튼다.
오늘도 푸르른 새날이 밝아오는구나.
아름다운 하루가 또 오려 한다.

생각하라, 그대여!
어찌 이 하루를 헛되이 놓쳐 보내랴!
이 새날은 영원에서 나서
밤이면 다시 영원으로 돌아가리라.
내 영혼이 갈 곳으로 그 시간을 채우라.

아무도 일찍이 보지 못한
이 날을 보아라, 그대여!
만인의 눈에서 쉬이 감추어질 이 날을.

이 생(生)이 다간 후 누릴 생명은
이 생(生)의 맺은 열매이리라.

아, 또 한번 푸르른 새날이 밝아오는구나.
생각하라, 그대여!

어찌 이 날을 헛되이 놓쳐 보내랴!

-토마스 카알라일(Carlyle Thomas : 영국, 평론가, 역사가)

이 글은 유명한 역사서 『프랑스 혁명』을 집필한 사상가 카알라일이 생전에 남긴 명언입니다. 오늘 하루를 벅찬 마음으로 맞이하고, 오늘이 다가고 나면 내일은 또다시 새로운 날이라는 기대감을 갖고…… 이렇게 날마다 새로운 자세로 임한다면 우리의 인생사는 새록새록 살맛이 날 것입니다.

'이 생(生)이 다 간 후 누릴 생명은 이 생이 맺은 열매이리라.'는 말을 가슴에 새기고 하루를 맞이합시다.

성공 note

하루는 신이 인간에게 내린 새로운 기회이다.

손실과 이익

오늘 하루를 헛되이 보냈다면
그것은 커다란 손실이다.

하루를 헛되이 보내는 것은
내 몸을 헛되이 소모하고 있는 것과 같다.

오늘 하루를 유익하게 보냈다면
그것은 커다란 보람이고 행복이다.

하루를 유익하게 보낸 사람은
하루의 보물을 파낸 것이다.

–앙리 프레데리크 아미엘((H. F. Amiel : 스위스, 철학자, 문학가)

　　사람들은 대부분 시간은 자신에게 공기나 물과 같이 무
한정 있는 것으로 생각합니다. 따라서 시간을 헛되이 보냈
을 경우에도 이를 대단한 손실이라고 생각하지 않습니다.
그러나 그것은 분명 우리에게 커다란 손실입니다.
　　일용근로자나 강사들은 시간당 수입을 계산합니다. 학원

에서도 수업료를 시간당으로 계산합니다. 샐러리맨들이 월급을 받는 것도 시간당으로 계산하는 것입니다. 시간을 경제성의 원칙에 입각하여 유효 적절히 효율성 있게 활용하는 지혜를 발휘해야 합니다.

하루를 유익하게 보낸 사람은 하루의 보물을 찾은 것이다.

시간의 수레바퀴

가장 아끼는 작품이 어떤 것인가라는 질문에 어느 작가는 이렇게 대답했다.

"지금부터 쓸 작품입니다."

그렇다. 무엇보다 아끼고 사랑해야 할 것은 오늘과 함께 펼쳐질 시간이요, 오늘 우리가 해야 하는 일이다. 좋은 인생, 멋진 인생을 만들기 위해서는 우리에게 주어진 시간을 잘 활용할 줄 알아야 한다.

우리 인생은 시간의 수레바퀴를 도는 것에 다름 아니다.

백 살을 살아야 36,500일,

아흔 살을 살면 32,850일,

여든 살을 살면 29,200일,

일흔 살을 살면 25,550일,

예순 살을 살면 21,900일이다.

이 짧은 인생, 허송세월하며 보내기에는 시간이 너무 아깝고 부족하다.

오늘을 노력 없이 좌절하거나 내일로 미루는 것은 어리석기 짝이 없는 일이다.

당신을 위해 존재하는 오늘, 당신은 오늘의 주인공입니다. 오늘은 당신이 주인공입니다.

'오늘 내가 헛되이 보낸 하루란 어제 죽어갔던 사람들이 그렇게도 가지고 싶어 했던 내일이었다.' 는 말이 있습니다. 우리가 무엇보다 아끼고 사랑해야 할 것은 오늘과 함께 펼쳐질 시간이요, 오늘 우리가 해야 하는 일입니다.

성공 note

오늘도 내일이면 과거의 시간이 되고, 이 순간은 영원히 되돌아오지 않는다.

오늘의 맹세

1. 오늘만은 행복하게 지내자.

링컨의 말처럼 사람은 행복해지려고 노력한 만큼 행복해
지는 것이다. 행복은 내 안에서 나오는 것이지 외부에 의한
것이 아니다.

2. 오늘만은 주변의 상황에 맞추어 행동하자.

무엇이나 자신의 욕망대로만 하지 말자. 가족, 사업, 행운
을 있는 그대로 받아들여 자신을 그것에 적응시키자.

3. 오늘만은 몸을 조심하자.

운동을 하고 충분한 영양을 섭취하자. 몸을 혹사시키거나
절대 무리하지 말자. 그리하면 나의 명령에 따르는 완전한
기계가 될 것이다.

4. 오늘만큼은 정신을 굳게 차리자.

무엇인가 유익한 일을 배우고, 나태해지지 않도록 하자. 그
리고 노력과 사고와 집중력을 필요로 하는 책을 읽자.

5. 오늘만은 세 가지의 방법으로 내 영혼을 운동시키자.

남이 알지 못하게 뭔가 좋은 일을 하자. 수양을 위해 적어도 두 가지는 자기가 하고 싶은 일을 하자.

6. 오늘만큼은 기분 좋게 살자.
남에게 상냥한 미소를 짓고, 어울리는 복장으로 조용히 이야기하며, 아낌없이 남을 칭찬하자. 남을 비판하거나 무슨 일이든 흠을 찾지 말자. 남을 훈계하거나 꾸짖지 말자.

7. 오늘만은 이 하루가 보람되게 하자.
오늘 하루의 삶만을 살도록 하자. 인생의 모든 문제를 한꺼번에 해결하려고 하지 말자. 하루가 인생의 시작인 것 같은 기분으로 보내자.

8. 오늘만은 매 시간의 예정표를 만들자.
성급함과 망설임이라는 두 가지 해충을 없애도록 마음을 다지자. 할 수 있는 데까지 해보자. 비록 그대로는 다 할 수 없을지라도 초조와 태만을 없앨 수 있으니까.

9. 오늘만은 30분 정도의 휴식을 갖고 마음을 정리해 보자.
때로는 신에 대해서, 꽃에 대해서, 연인에 대해서, 내 삶에 대해서 기도하는 마음으로 지내는 시간을 가져보자. 자신의 인생에 대하여 올바르게 인식할 수 있을 테니까.

10. 오늘만은 그 무엇도 두려워하지 말자.

특히 행복과 아름다움을 즐기며 사랑하도록 하자. 내가 사
랑하는 사람들이 나를 사랑하고 있다는 믿음을 의심하지
말자. 그 믿음이 세상에 대한 두려움을 없애 주리라.

－시빌 F. 페트리지(Civil Patrizi : 미국, 성공 컨설턴트)

　오늘 하루 어떤 계획을 세우고 어떻게 시작하며 지내야
하는지 그 방법론을 제시한 이 글은 미국 사람들에게 가장
많이 애용되고 있는 글입니다. 항상 오늘이 내 삶의 처음이
요 마지막이라는 생각을 갖고 임한다면 너무나 시간이 아
깝고 오늘 하루를 소중하게 보낼 수 있을 것입니다.

　당신은 오늘 하루 어떤 계획을 세우셨습니까? '시작이
반이다.' 라는 말과 '오늘의 맹세'를 생각하며 확실한 계획
을 세워 탐스러운 결과를 맺기 바랍니다.

항상 오늘이 내 삶의 처음이요 마지막이라는 생각으로 살라.

3초의 여유

엘리베이터를 탔을 때
'닫기'를 누르기 전 3초만 기다리자.
정말 누군가 급하게 오고 있을지도 모른다.
출발신호에 앞차가 서 있어도
경적을 울리지 말고 3초만 기다려 주자.
그 사람은 인생의 중요한 기로에서
갈등하고 있었는지도 모른다.

내 차 앞으로 끼어드는 차가 있으면 3초만 서서 기다리자.
그 사람 가족 중 누군가가 정말 아플지도 모른다.
친구와 헤어질 때
그의 뒷모습을 3초만 보고 있어주자.
혹시 그 친구가 가다가 뒤돌아봤을 때
환히 웃어줄 수 있도록.

길을 가다가 아니면 뉴스에서 불행을 맞은 사람을 보면,
잠시 눈을 감고 3초만 그들을 위해 기도하자.
언젠가는 그들이 나를 위해 기꺼이 그렇게 할 것이다.

정말 화가 나서 참을 수 없을 때
3초만 고개를 들어 하늘을 보자.
내가 화낼 일이 보잘것없지는 않은지.
차창으로 고개를 내밀다 한 아이와 눈이 마주쳤을 때
3초만 그 아이에게 손을 흔들어 주자.
그 아이가 크면 분명 내 아이에게도 그렇게 할 것이다.

아이가 잘못을 저질러 울상을 짓고 있을 때
3초만 말없이 웃어주자.
그 아이는 잘못을 뉘우치며 내 품으로 달려올지도 모른다.
그가 화가 나서 소나기처럼 퍼부어도
3초만 미소 짓고 들어주자.
그가 넉넉한 웃음과 드넓은 마음으로
화해의 손짓을 할지도 모른다.

　3초라는 시간! 어찌 보면 아무 것도 아닌 찰나의 시간에
불과합니다. 하지만 처한 입장에 따라서 그 시간이 때론 하
루보다도 길고 더 소중하게 부각될 때가 있습니다. 비디오
화면은 1초에 무려 25프레임이 움직여서 동영상을 만들어
냅니다.
　나에겐 보잘 것 없는 시간도 다른 사람에겐 그 순간이 가

장 소중하게 부각될 경우가 있습니다. 세상을 나 자신의 잣대로 살다보면 남의 소중함을 잊어버리는 우를 범하게 됩니다.

인생의 여유로움을 즐길 줄 알라. 3초의 여유가 인생을 풍요롭게 한다.

최고의 날

자신에 최선을 다하자는 생각은
누구나 하는 일입니다.
그러나 중요한 것은 자신의 목표에,
공동의 목표에 얼마나 최선을 다하며
실현해 나가느냐 하는 것입니다.

따라서 다른 이보다는 보잘것없지만
오늘 내가 이룬 것이 어제의 그것보다 나은 것이라면
그것은 다 함께 나눌 기쁨이 될 수 있고
다시 큰 목표로 이어질 수 있습니다.

자신감이라는 말에는 발전적 의미가 포함되어 있습니다.
당신이 가지고 있는 자신감이
곧 당신이 가지고 있는 가능성입니다.
자신감이 큰 사람은 그만큼 가능성도 큽니다.

몸이 편할 줄만 알고 마음이 편할 줄 모르면
산 것이 아닙니다. 마음이 편해야 몸도 편합니다.

최고의 날은 언제나 오늘입니다.
그리고 불확실한 날은 내일입니다.
빨리 시작하지 않으면
최고의 날은 불확실한 날로 바뀌어집니다.

오늘을 생애 최고의 날로 만드십시오.
그러면 내일도 최고의 날입니다.
그리고 주인공은 당신입니다.

　당신의 삶은 오로지 당신만이 그 방향을 결정할 수 있습니다. 내 삶에 있어서 나 이외의 사람들은 모두 제3자입니다. 내 삶의 결과는 오로지 자신만이 책임을 져야 합니다.
　당신의 인생을 배경으로 한 연극에서 제1막 1장의 주인공은 바로 당신입니다. 오늘이라는 멋진 무대에서 당당한 주인공으로 멋지게 대단원의 막을 장식하길 바랍니다.

성공 note

최고의 날은 언제나 '오늘'이고 오늘의 주인공은 언제나 '나'이다.

꾸물거리지 말라

누구나 인생의 어느 시점에서 꾸물거렸던 경험이 있다.
꾸물거리거나 뒤로 미루는 습관은
무엇을 이루는 데 방해가 되는 대표적인 요인이다.

꾸물거림은 지금 할 수 있는 일을 뒤로 미루게 함으로써
자기만의 그럴싸한 대체물이자 훌륭한 핑계가 된다.
꾸물거리거나 뒤로 미루는 습관이 있는 사람은
대개 게으르다.

게으름은 피곤해지기도 전에 쉬려고 하는 습관으로
게으른 사람은 뒤로 미루는 것을 좋아한다.
게으름을 피우는 가장 일반적인 이유는
잠이나 피곤하다는 핑계를 대는 것이다.
게으른 사람에게는 절대로 행운이 찾아오지 않는다.

뒤로 미루었던 것을 지금 시작하라.
단지 시작하는 것만으로도
당신의 불안을 없애는 데 도움이 된다.
꾸물거림이란 현재의 자리를

미래의 상황에 대한 불안으로 채운다.

　『논어』의 「선진편(先進篇)」에는 '지나침은 미치지 못함과
같다(過猶不及)'라는 말이 있습니다. 세상의 이치는 항상 양
면성이 상존합니다. 따라서 너무 서두르는 것도 좋지 않지
만 그렇다고 너무 꾸물거리는 것도 바람직하지 않습니다.
버스가 떠나간 뒤에 손을 흔들면 뭐합니까?
　중용(中庸)의 길을 걷는 것이 쉽지 않지만 그런 마음의 자
세를 견지하는 것이 중요합니다. 일단 신중히 결정해서 내
린 일이라면 최신을 다해 가능한 한 빨리 처리하려는 노력
이 필요합니다.

성공 note

게으른 사람에게는 절대로 행운이 찾아오지 않는다.

'5분밖에' 와 '5분이나'

프랑스의 나폴레옹 황제와 전쟁이 한창인 어느 날, 영국의 한 관리가 연합군 사령관인 정치가 웰링턴 공작을 찾아갔다. 그 때 공작은 외출을 하기 위해서 준비 중이었다.

그래서 공작은 관리에게 런던다리에서 오후 3시에 만나기로 약속을 한 후 제시간에 정확히 도착했는데 상대방 관리는 5분 늦게 나왔다.

웰링턴 공작이 언짢은 표정을 짓자, 관리는 웃으며 "겨우 5분밖에 안 늦었습니다."라고 말했다.

그러자 웰링턴 장군은 정색을 하며, "겨우 5분이라고? 그 5분 사이에 우리 군대는 전멸하게 될지도 모르는 일이오." 하고 타일렀다.

얼마 후에 관리는 공작과 약속을 다시 하게 되었다.

그 날 관리는 공작보다 5분 빨리 와 기다리면서 "오늘은 제가 5분 일찍 왔습니다." 하고 자랑스럽게 말했다.

그러자 장군은, "자네는 시간의 가치를 전혀 모르는군. 1분이라도 그 사이에 일어날 중대한 일을 생각하면 단 10초라도 아까운 판인데 5분이나 낭비하다니……." 하고 타일렀다.

그 말을 들은 관리는 아무 말도 못하고 고개만 숙였다.

웰링턴 공작으로부터 시간의 귀중함을 배운 그 관리는 그 뒤로 성실하게 생활하여 더 높은 관직을 얻게 되었다.

간혹 시간을 즐기고 놀기 위해 쓰는 사람도 있고 약속시 간을 밥 먹듯이 어기면서도 미안한 줄 모르는 얌체족도 있 습니다. 하지만 내가 늦으면 상대방에게는 그만큼 시간 손 실을 가져다준다는 것을 인식해야 합니다.

시간관리의 중요성을 알아야 대인관계를 돈독히 이어갈 수 있습니다. 그래야 서로에게 이익이 되는 소중한 존재로 부각되는 것입니다.

성공 note

시간 관리의 중요성을 알아야 올바른 대인관계를 맺을 수 있다.

지금 시작하라

지금 시작하라.
내 뜰에 꽃을 피우고 싶으면 뜰로 나가 나무를 심어라.
지금 나무를 심지 않으면 향기로운 꽃내음을 맡을 수 없다.
당신은 언제나 꽃을 바라보는 사람일 뿐
꽃을 피우는 사람은 될 수 없으니까.

지금 말하라.
사랑하고 싶으면 지금 사랑한다고 말하라.
표현되지 않는 사랑으로 그를 내 곁에 머물게 할 수 없다.
사랑의 목소리가 어디선가 들려오면
그는 그곳을 향해 아무런 아쉬움이 없이 떠날 테니까.

지금 칭찬하라.
칭찬 한마디가 생각나면 지금 가까이 있는 이에게 말하라.
당신이 머뭇거리고 있는 동안
그는 다른 쪽으로 가버릴 것이고
다시는 똑같은 친절의 기회가 오지 않을 테니까.

지금 사랑하라.

행복한 가정을 만들고 싶으면 지금 가족을 사랑하라.
부모님은 아쉬움에 떠나고 아이들은 너무 빨리 커버려
사랑을 전할 시간이 얼마 남지 않았으니까.
사랑하는 사람은 언제나 곁에 있지 않는다.

지금 전하라.
그리운 이가 있으면 지금 편지를 써라.
지금 편지를 보내지 않으면
당신에 대한 기억이 날마다 작아져
다음 편지가 도착할 때쯤에는
당신의 이름마저 생각나지 않아
편지를 반송할지도 모르니까.

지금 시작하라.
하고 싶은 일이 있으면 지금 시작하라.
지금 시작하지 않으면
그 일은 당신으로부터 날마다 멀어져
아무리 애써 손을 뻗어도 닿지 않을지 모르니까.

지금 뿌려라.
좋은 사람이 되고 싶으면 지금 좋은 생각의 씨앗을 뿌려라.
지금 뿌리지 않으면 당신의 마음 밭에는 나쁜 잡초가 자라

나중에는 아무리 애써 좋은 생각의 씨앗을 뿌려도
싹조차 나지 않을 테니까.

지금 일하라.
할 일이 생각나거든 지금 하라.
오늘 하늘은 맑지만 내일은 구름이 보일는지 모른다
어제는 이미 당신의 것이 아니니 지금 하라.
내일은 당신의 것이 안 될지도 모른다.

지금 웃어라.
미소를 짓고 싶거든 지금 웃어라.
당신의 친구가 떠나기 전에 장미는 피고
가슴이 설레일 때 지금 당신의 미소를 줘라.

지금 불러라.
불러야 할 노래가 있다면 지금 불러라.
당신의 해가 저물면 노래 부르기엔 너무 늦는다.
당신의 노래를 지금 불러라.

   하고 싶은 일이 있으면 지금 하고, 말하고 싶은 것이 있
으면 지금 말하도록 하십시오. 쓰고 싶은 글이 있으면 지금

쓰십시오. 시간이 지난 다음 글을 쓰려고 하면 그 때의 감정에 몰입할 수 없어 살가운 맛이 안 나게 됩니다.

　모든 일도 마찬가지입니다. 밥도 방금 지었을 때 먹어야 맛이 있고 영양가도 많듯이 우리가 하고자 하는 일도 그 순간에 최선을 다해서 성사시켜야만 효과가 배가 되는 것입니다.

할 일이 생각나면 지금 당장 시작하라. 내일이면 이미 늦은 것이다.

관성(慣性)의 무서움

근무 시간이 끝났으니 퇴근한다. 퇴근하려는데 한 잔만 걸치자고 한다. 한 잔 걸치고 집에 와서 밥 먹다 보니 TV에서 이 프로는 꼭 보라고 외쳐댄다. 보고 나니 졸리고 졸리니 잠을 청한다.

그렇게 자다 보니 벌써 출근 시간, 허겁지겁 집을 달려 나간다. 근무시간에도 짬짬이 인터넷 두들겨 보고 일과시간은 칼과 같이 지켜 때 되면 퇴근한다.

그러다 보니 고대하는 주말이 왔다. 프로 스포츠 얘기, 가십거리가 한창이다. 집들이, 돌잔치, 칠순 잔치, 송별회, 동창회, 야유회, 환영식과 환송식 등으로 주말은 평일보다 더 바쁘다.

사회생활을 하다보면 그것이 정상적으로 보이고, 바쁘다고 푸념 섞인 듯 이야기를 하면서도 그 바쁨을 또한 은근히 즐긴다.

그러다 보면 일 주일, 한 달, 일 년이 순식간에 지나간다. 그러나 아무러면 어떠랴. 때 되면 월급 나오고, 때 되면 보너스 나오고, 때 되면 남들과 비슷하게 진급도 하는 것을……

상식을 모두 따라야만 하는 생활 속의 관성, 오늘의 나를 절대로 가만 놔두지 않는 일상의 갖은 유혹, 일을 즐기며 하기보다는 어쩔 수 없어 해야 한다는 사고, 땀 흘리기보다는 절대 땀 안 흘리기를 원하는 안일한 본능…….

이런 것들을 과감히 배반하고 물리치지 않는 한, 이런 사람은 평생토록 전문가 근처에도 이르지 못한다. 성공자의 반열에 오르기는 낙타가 바늘귀에 들어가듯 쉽지 않다.

"세살 적 버릇이 여든까지 간다."고 합니다. 사람이 한 번 나태해지게 되면 한없이 게을러집니다. 누구나 일하지 않고 놀면서 편하게 살고 싶어 합니다. 그런데 그것이 습관으로 굳어지면 성공의 길은 저 멀리 날아가고 맙니다.

기계도 자꾸만 써야 녹이 쓸지 않듯 사람의 몸 또한 마찬가지입니다. 매너리즘은 삶을 좀먹는 무서운 병입니다. 자신을 항상 다른 사람들과 견주어 생각하면서 벤치마킹하여 보다 나은 방향으로 이끄는 지혜를 발휘합시다.

성공 note

기계도 자꾸 써야 녹이 슬지 않는다. 매너리즘은 삶을 좀먹는 무서운 병이다.

하루 24시간

가진 것이 많다고 무턱대고 쓰고 보려는 사람
그런 사람도 문제지만 그보다 더 무모한 사람이
우리 주변에 많이 있습니다.

그는 바로 시간을 아껴 쓸 줄 모르는 사람입니다.
흥청망청 자기 일생을 보내는 사람입니다.
그런 사람이야말로 물질을 아껴 쓰지 않은 이들보다
더욱 한심한 사람입니다.

신은 사람에게
물질을 공평하게 나눠주는 일에는 실패했지만
시간을 똑같이 나눠주는 데는 성공했습니다.
누구에게나 하루는 24시간,
일 년은 365일이니까 말입니다.

그렇다면 시간이라는 화폭 위에
그림을 그리기 위해 붓을 들고 서 있는 화가가
바로 우리 자신 아니겠습니까?

만약 그것이 틀림없는 사실이라면
누가 더 좋은 그림을 그리느냐 하는 것은
자신에게 주어진 그 시간들을
어떻게 활용했는가에 달려 있습니다.

　이 세상에서 조물주가 인간들에게 가장 공평하게 내려주신 선물은 오직 하나, 시간뿐입니다. 하루 24시간이라는 시간은 부자이든 가난한 자이든, 남자든 여자든, 어린이든 어른이든 누구에게나 똑같이 주어집니다. 그런데 대부분의 사람들은 시간의 가치를 올바로 인식하시 못하고 마구 흥청방청 써 버립니다. 다시 한 번 시간의 소중함을 깨닫고 하루를 알차게 보냅시다.

성공 note

인간은 시간이라는 화폭 위에 그림을 그리는 화가이다.

일주일을 즐겁게 사는 법

월요일은 월등히 나은 하루를 만드는 날.
월요일은 한 주의 새로운 출발이므로
어물어물 어정쩡하게 보내서는 안 된다.

화요일은 화기애애한 분위기를 만들어보는 날.
내가 먼저 즐거운 기분을 보여준다.

수요일은 수리수리 마하수리 정진하며 기도하는 날.
수요일만큼은 일구월심 기도하는 마음으로
마음의 문을 활짝 열고 하루를 알차게 보낸다.

목요일은 목표를 향해 도전하고 집념을 보이는 날.
자신이 만든 목표를 향해 도전하자.
도전에는 저항이 있게 마련이지만 당신은 물리칠 수 있다.

금요일은 금쪽같은 이 시간을 더욱 빛나게 만드는 날.
우리는 과거를 후회하고, 미래에의 환상을 갖는다.
그러나 현재보다 더 좋은 선물은 없다.

토요일은 토론과 대화로 문제를 푸는 날.
토론과 대화 없이는 어떤 문제도 풀 수가 없다.
상대방의 말을 끝까지 들어주는 것은 기본이다.

일요일은 일체 근심걱정을 떨쳐 버리고 재충전하는 날.
근심과 걱정은 행복을 파괴하는 흉악범이다.
오늘만큼은 마음을 비우고 사랑의 씨앗을 심어보자.
항상 마음속의 어둠을 쫓아내고,
나날이 새롭게 자신을 충전하는 삶이 필요하다.

　　일주일의 시간은 인생의 축소판이라고 할 수 있습니다. 맨 처음 시작하는 월요일부터 첫 단추를 잘 꿰어야만 마지막 마무리도 산뜻하게 할 수 있을 것입니다.
　　노동 뒤에 오는 휴식의 기쁨은 보람 있는 일주일을 보낸 사람만이 느낄 수 있는 감사한 경험입니다. 하루하루 자기 나름대로 가치를 부여하면서 날마다 기다려지는 시간이 되도록 노력합시다.

성공 note

노동 뒤에 오는 휴식의 기쁨은 열심히 일한 자의 몫이다.

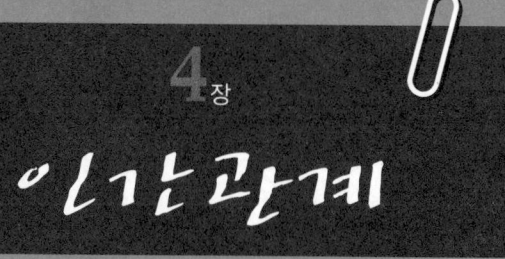

4장

인간관계

사람에게 가장 중요한 일은 실패했다고 해서 낙심하지 않는 일이며,
성공했다고 해서 기뻐 날뛰지 않는 일이다.

－도스토예프스키－

변화와 성공을 부르는 황금률 ·

4

인간관계

참된 미덕

미덕을 갖추어야 존경을 받는다.
만인의 사랑을 받을 수 있는 사람은
아름다운 인생을 설계할 수 있다.

미덕은 사랑을 더욱 굳건하게 만든다.
덕이 있을 때 애정 어린 마음이 저절로 솟아나고
사랑이 싹틀 수 있는 힘을 얻게 된다.

진실한 마음으로 도움을 주고받는 것보다
더 큰 기쁨을 주는 것은 이 세상에 없다.

우리의 마음을 끌어당기고 매혹시키는 것은
어떤 아름다움이 아니라 덕이다.
참된 미덕은 그 자체로 완전하다.

덕을 가진 자는 어느 누구보다도
자신을 정확하게 파악하고 있고
그러한 자신이 얼마나 사랑스러운지를 아는 사람이다.

수많은 사람들이 참된 덕이 있는 것처럼 보이지만
그것은 사실이 아니다.

참된 덕을 소유한 사람의 성품은
향을 감싼 종이와도 같아서
좀처럼 외부로 드러나지 않지만
그윽한 향기로 인해 그 가치를 알 수 있다.

-다르마트라타(Dharmatrata : 고대인도 간다라국, 고승)

『법구경』은 석가모니의 가르침을 시의 형식을 빌려 쓴 잠언집입니다. 이 불교 경전을 지은 스님이 바로 다르마트라타(법구) 스님입니다.

　인간이 갖은 품성 중에서 가장 아름다운 것은 덕(德)이라고 할 수 있습니다. 아름다운 덕은 그 향기가 온 세상에 퍼지고 덕이 있는 사람에게는 저절로 사람들이 모여듭니다.

성공 note

참된 덕을 가진 사람이 사람들을 끌어 모은다.

상도(商道)

큰 상인은 돈을 좇는 것이 아니라
의[信義]를 좇는 것이다.

장사란 이익을 남기기보다
사람을 남기기 위한 것이다.

사람이야말로
장사로 얻을 수 있는 최고의 이윤이다.
신용이야말로
장사로 얻을 수 있는 최대의 자산인 것이다.

따라서 사람을 남기는 법을 알아야
진정한 상인이 될 수 있다.

재물은 평등하기가 물과 같고
사람은 바르기가 저울과 같다.

-임상옥(林尙沃 : 조선 후기, 거상)

239

조선 후기의 거상(巨商)이었던 임상옥은 장사를 하면서도 한 평생 의를 더 소중하게 여겼습니다. 자신의 이익만 생각한다면 남을 속이는 일을 하게 됩니다. 하지만 임상옥은 장사를 하는 데 있어서 지켜야 할 도덕을 가슴 깊이 새기고 아무리 어려운 순간에도 상인의 바른 자세에서 벗어나지 않았습니다. 그는 사람을 소중히 여기고 의를 숭상하는 상도를 몸소 행한 결과 거상이 될 수 있었던 것입니다.

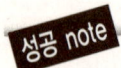

성공 note

사람이야말로 장사로 얻을 수 있는 최고의 이윤이다.

작은 것의 가치

작은 물방울, 작은 모래알……
그것이 그 큰 바다가 되고
그 아름다운 옥토가 된다.

작은 때의 한 순간 한 순간
그것이 비록 보잘것없다 해도
그것은 영원이라고 하는 큰 시대가 된다.

작은 친절, 작은 사랑의 말,
그것이 세상을 밝게 만든다.

마치 하늘나라처럼
젊은이의 손에 뿌려진 작은 것들이 자라
먼 타향에서 사람에게 은혜를 베푼다.

-J. L 카아니(이란, 시인)

　　세상 모든 만물은 아주 작은 세포들이 모여 하나의 생명
체를 이루어 냅니다. 그 어떤 것 하나 동떨어져서 홀로 탄

생된 것은 없습니다. 하나가 모여서 둘이 되고, 자그마한 빗방울이 모여 강물과 바닷물이 되고, 남녀가 만나서 가정을 이루듯이 모든 결실의 맨 처음 출발은 아주 작은 것에서부터 시작하는 것입니다.

한 순간의 작은 시간이 모여 우리의 인생을 만들어갑니다. 맨 처음 작은 씨앗을 어떻게 심고 가꾸느냐에 따라 인생의 빛깔도 다르게 투영되는 것입니다.

성공 note

모든 결실의 맨 처음 출발은 아주 작은 것에서부터 시작한다.

말은 곧 힘이다

말이란 생각을 담는 그릇이요,
사상과 감정을 표현하는 소리요,
뜻을 나타내는 음성적인 부호이다.
말은 자신을 표현하는 도구이다.
그 사람을 알려면 그 사람의 말을 들어야 한다.
말속에는 얼이 담겨 있다.
뜻이 있고, 생각이 있고, 사상이 있다.
깊은 뜻이 있고 옳은 생각이 담긴 말은 살아 있는 말이다.

말은 곧 힘이다.
말속에는 사람을 움직이는 힘이 있다.
말은 말하는 태도에 따라 세 가지 종류가 있다.
'입'에서 나오는 말은
진실성이 없고 신뢰감을 주지 못한다.
'머리'로 생각하는 말은 자신의 이익을 내세운다.
'가슴'에서 우러나오는 말은
힘이 들어 있어 감동과 감명을 주고
마음을 움직이며 생명력이 있고 감격이 있다.

정열적인 말은 가슴을 뜨겁게 달구고,
사랑의 말은 때로 눈시울을 적신다.
위로의 말은 우리의 마음을 편안하게 하며,
용기의 말은 심장을 뛰게 한다.
지혜의 말은 밝은 빛을 주고,
참회의 말은 영혼에 감동을 준다.
무시의 말은 마음을 분노케 하며,
원망의 말은 마음을 불편하게 만들고,
저주의 말은 복수의 마음이 일게 한다.

－『명심보감(明心寶鑑)』 중에서

　"말 한마디로 천 냥 빚을 갚는다." 또는 "발 없는 말이 천
리를 간다."는 말이 있는데 모두 말의 중요성을 강조하는
경구라 할 수 있습니다. 물을 벌이 먹으면 꿀이 되지만 뱀
이 먹으면 독이 되듯이 말 한마디를 잘못하면 그것이 상대
방에게는 독이 될 수도 있습니다.

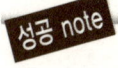

그 사람의 인품을 알려면 그의 말을 들어 보아라.

받은 만큼 돌려주자

여기 이 세상에서 우리의 삶은 참으로 알쏭달쏭하다.
이유도 모르면서 잠깐 왔다 가는 인생이지만
가끔 어떤 목적이 있는 것처럼 느껴질 때가 있다.

살아가면서 우리가 꼭 알아야 할 사실은
인간은 다른 사람을 위해서 존재한다는 것이다.
그들의 미소와 안락이 곧 우리의 행복인 사람들,
그리고 우리에게 끈끈한 동정심을 보이는
알지 못하는 무수한 영혼들을 위해서.

나는 하루에도 몇 번씩 내적 외적인 생활이
얼마나 많은 사람들의 노력 위에
이루어지고 있는지를 깨닫는다.

그리고 그들이 살아 있는 사람이건
아니면 이미 죽은 사람이건
내가 받은 만큼 돌려주기 위해서
얼마나 열심히 노력해야 하는가를.

-알베르트 아인슈타인(Albert Einstein : 독일 출생, 미국, 물리학자)

〈상대성이론〉을 창시한 과학자 아인슈타인은 인류역사상 가장 위대한 천재로 추앙받고 있습니다. 그도 젊은 시절에는 약간 에고이스트적인 면이 없지 않았습니다. 그러나 무엇이 진정한 삶인가에 대해 깨닫고 난 후 익살어린 유머도 곧잘 했고 다방면으로 재주를 마음껏 펼쳤습니다. 아인슈타인도 성공이란 저절로 이루어지는 것이 아님을, 그래서 남에게 내가 이룩한 것을 돌려주어야 한다는 것을 느꼈던 것입니다.

성공 note

인간은 자신의 성공뿐 아니라 다른 사람을 위해서도 존재한다.

칭찬받기를 원하거든

생전에 칭찬받기를 원하거든
사람들의 마음에 들어가 그들이 어떠한 판관인가,
또 그들이 당신에 관한 일에 대하여
어떠한 판단을 내리는가를 보라.

사후에 칭찬받기를 원하거든
후세에 당신의 위대한 명성을 전할 사람도
오늘처럼 살기에
곤란을 느끼는 당신과 다름없다는 것을 생각하라.

진실로 사후의 명성에 연연해하는 자는
자신을 기억해 주기 바라는 사람들이
얼마 안 가서 이 세상에서 사라지고,
기억 자체도 한동안 사람들의 마음 날개에 오르내리다
결국은 사라져버린다는 것을 알지 못하는 사람이다.

당신이 장차 볼 일 없는 사람들의 칭찬에
그렇게도 마음을 두는 것은 무슨 이유인가?
그것은 마치 당신보다 앞서 이 세상에 났던 사람들의

칭찬을 구하는 것이나 다름이 없는 어리석은 일이다.

참다운 지혜로 마음을 가다듬은 사람은
저 인구에 회자되는 호머의 시구 하나로도
이 세상의 비애와 공포에서 자유로울 수 있다.

사람은 나뭇잎과도 흡사한 것,
가을바람이 땅에 낡은 잎을 뿌리면
봄은 다시 새로운 잎으로 숲을 덮는다.

-월터 페이터(Walter Pate : 영국, 심리비평가)

이 글은 유명한 『페이터의 산문』에 나오는 대목의 일부입니다. 사람은 누구나 칭찬받기를 좋아합니다. 그런데 우리는 남을 칭찬해 주는 데는 인색한 면이 있는 것 같습니다. 파스칼이 『팡세』에서 말했듯이 남의 마음을 헤아리면서 먼저 존경하고 칭찬해 주는 자세가 필요합니다.

성공 note

칭찬과 격려는 내일의 희망을 가져다주는 최고의 선물이다.

인생의 의미

인간은 살아 있는 동안 세상의 일원으로서
자신이 해야 할 일을 충실히 수행해야 한다.
이는 가치 있는 인생의 목적이자 결말이다.
이를 통해서 진정한 기쁨이 생겨나는 것이다.

인생은 세상에 도움이 되도록 하는 장소이다.
건전한 정신을 갖고 바른 생활을 하며
자기 자신뿐만 아니라 남들을 위해서도
행복을 추구하며 살아가는 장소이다.

인생은 자기 자신을 비추는 거울에 지나지 않는다.
밝은 마음의 소유자는 즐거운 인생을 영위하고
불만에 가득 찬 사람은 비참한 인생을 보낸다.

선량한 사람에게 인생은 선한 것으로,
악인에게는 악한 것으로 비추인다.
인생은 자기 자신이 만들어가는 것이다.

인생에는 인내와 용기와 사랑이 필요하다.

인생의 기쁨을 마음으로 맛보는 한편
괴로움도 인내를 갖고 감수해야 한다.

따라서 밝은 마음을 갖고 묵묵하게
올바른 방법으로 침착하게 대처해 나가는
슬기와 지혜가 무엇보다 유익하다.

-사뮤엘 스마일즈(Samuel Smiles : 영국, 사회개혁가, 전기 작가)

　사뮤엘 스마일즈는 "사람의 성격이 운명을 바꾼다."고
말했습니다. 성공하려면 인생의 참의미를 되새겨 볼 필요
가 있습니다. 인생은 나만의 인생이 아닌 모두에게 행복을
안겨주는 희망의 장이 되어야 합니다. 인생을 참되게 살아
가는 기본이 무엇인지 생각하고 삶의 슬기와 지혜를 키워
나가면, 누구든지 성공적인 삶을 살 수 있을 것입니다.

인생은 자신이 만들어가는 것이다. 인생의 기쁨을 마음으로 맛보는
한편 괴로움도 인내를 갖고 감수해야 한다.

기분 좋게 대답하라

기분 좋게 대답하는 사람은 누구에게나 사랑 받는다.
찜찜한 Yes보다 시원시원한 No가 대화를 이끌어간다.
지금 당신 주위에는 모든 이에게 사랑받는 자가 있는가?
그렇다면 그 사람을 한 번 살펴보라.
틀림없이 시원시원하게 대답할 것이다.
그 대답이 Yes이건 No이건 상관없다.
중요한 것은 기분 좋게 대답하는가,
대답하지 못하느냐 하는 것이다.

누구에게나 진지한 태도로 대하지만
아무리 노력해도 사랑받지 못하는 사람이 있다.
그것은 그 사람의 대답이나 반응이
시원하지 못하기 때문이다.
택시를 탔을 때 무엇을 보고 운전사를 평가하는가?
당신이 맨 처음 행선지를 말했을 때
얼마나 기분 좋게 대답하느냐에 달려 있지 않은가?

그것은 커뮤니케이션에서도 마찬가지다.
상대방의 대답이 얼마나 기분 좋게 돌아오느냐에 따라

그 후의 대화가 결정된다.

한 번 생각해 보라.

기분 좋은 대답을 들으면 마음이 얼마나 상쾌한지를!

그것은 상대방도 마찬가지다.

당신은 그에게 항상 기분 좋게 대답해 주는가?

　사람들과 얘기하다보면 즐거울 때도 있지만 짜증이 날 경우도 있습니다. 상대방 또한 당신에 대해 그렇게 느낄 것입니다. 인간관계를 돈독히 해주는 첩경은 상대방의 마음을 헤아리면서 보조를 맞추어 말과 행동으로 따뜻하게 대하는 것입니다. 상대방과의 대화에서 어떤 대답이든 그것이 중요한 이해가 상반되는 비즈니스의 장이 아닌 이상 서로의 불편을 초래해서는 안 됩니다.

성공 note

비즈니스에서는 찜찜한 'Yes'보다 시원시원한 'No'가 대화를 이끌어 가는 법이다.

상대방을 보는 잣대

만일 그가 일을 끝내지 않았다면
참으로 게으르다고 말하고
내가 일을 끝내지 않았다면
너무 바쁘고 많은 일에 눌려 있기 때문이라고 한다.

만일 그가 자기 관점을 주장하면 고집쟁이라 하고,
내가 그렇게 하면 개성이 뚜렷해서라고 말한다.

만일 그가 나에게 말을 걸지 않으면
콧대가 높아서 그렇다 하고,
내가 그에게 말을 걸지 않으면
그 순간에 복잡한 다른 많은 생각을 했다고 한다.

만일 그가 친절하게 하면
나로부터 무엇을 얻기 위해 친절하다 하고,
내가 그에게 친절하면
그것은 나의 유쾌하고 좋은 성격 때문이라고 한다.

-인도 속담

사람은 누구나 자기 자신을 합리화합니다. 일반적으로 자신과 남을 보는 잣대가 판이하게 다릅니다. 그래서 어떤 사람은 이중인격의 소유자라는 심한 말을 듣기도 합니다.

나의 잣대로 모든 사물을 관찰하다 보면 나무는 보고 숲은 미처 보지 못하는 잘못을 범하게 될 수도 있습니다. 세상은 혼자서는 살 수 없는 데도 우리는 너무나 자신만을 소중한 존재로 여기는 경우가 많습니다. 이제 상대방의 눈높이에서 입장을 바꾸어 생각해 보는 아량이 필요합니다.

 성공 note

상대방을 보는 잣대를 바로세우고 눈높이를 맞춰라.

칭찬의 힘

다른 사람에게서 가장 좋은 점을 찾아내어
그에게 이야기해 주어라.
우리들은 누구에게나 그것이 필요하다.

우리는 다른 사람의 칭찬 속에서 자라왔다.
그리고 그것이 우리를 더욱 겸손하게 만들었다.
그 칭찬으로 인하여 사람은
더욱 칭찬을 받으려고 노력하는 것이다.

진실한 의식을 갖춘 영혼은 자신보다 뛰어난
무엇을 발견해 낼 줄 안다.

칭찬이란 이해다.
근본적으로 우리는 누구나 위대하고 훌륭하다.
누군가를 아무리 칭찬한다 해도 지나침이 없다.

다른 사람 속에 있는 위대함과
아름다움을 발견하는 눈을 길러라.
그리고 찾아내는 대로 그에게

이야기해 줄 수 있는 힘을 길러라.

−칼릴 지브란(Kahlil Gibran : 레바논, 철학자, 화가, 시인)

　　다른 사람에게 무엇인가 베풀려면 우선 자신에게 힘이
있어야 합니다. 당신에게 지식도 지혜도, 마음의 평화도,
물질도 없는데 그 무엇으로 남을 칭찬하고 이끌어줄 수 있
겠습니까?
　　상대방의 좋은 점을 찾아내고 칭찬하는 것도 능력입니
다. 먼저 자신을 갈고 닦읍시다. 우리는 칭찬 속에서 자신
감을 키웠고 상대를 인정하는 법을 배웠습니다.

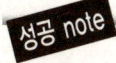

성공 note

상대방의 좋은 점을 찾아내고 칭찬하는 것도 능력이다.

미소는 만병통치약

미소는 만병통치약이요 만능해결사와 같다.
가정에는 평안을 만들어 내고
사회에는 선의를 이루어 가고
친구 사이에서는 우정의 신호가 되며,
연인 사이엔 사랑의 싹을 틔우게 한다.

피곤한 사람에게는 휴식이 되고
실망하는 사람에게는 따스한 빛이 되고
슬픈 사람에게는 그를 녹여주는 태양이 되며
수많은 근심에 대해서는 자연스럽게 해독제 역할을 한다.

그러면서도 미소는 돈으로 살 수 없고
부탁해서도 얻을 수도 없고
빌릴 수도 없고, 훔칠 수도 없는 것이다.

왜냐하면 미소는 너무나 자연스럽게 나타나
상대방에게 전달될 때까지는
존재하지 않으며 가치도 없기 때문이다.

만일 당신이 누군가에게
기대한 미소를 얻을 수 없었다면
불쾌하게 생각하기 전에
당신 쪽에서 먼저 미소를 띄워 보내라.
미소를 잃어버린 사람만큼
그것을 필요로 하는 사람은 없기 때문이다.

　미소, 그것은 돈 주고도 살 수 없고 그 무엇과도 바꿀 수 없는 인간의 마음을 정화시켜주는 소중한 자산입니다. 밝고 맑고 상큼한 미소만큼 보는 이의 마음을 시원하게 해 주는 보디랭귀지(Body Language)도 없을 것입니다. 아름다운 미소를 짓는 법을 지금부터라도 배우십시오. 당신을 바라보는 상대방의 태도가 금방 달라질 겁니다.

미소는 가정과 사회에 평화와 선의를 가져온다.

입은 무거울수록 좋다

현명한 사람의 입은 향기로운 장미꽃을 만들고
어리석은 사람의 입은 날카로운 가시를 만든다.
말을 할 때에는 항상 조심하고
속마음을 모두 털어놓지 않도록 신중해야 한다.

최고의 자리는 오직 하나뿐이다.
만약 당신이 서 있는 위치가 정상의 자리라면
많은 사람들이 그 자리를 노릴 것이다.

오직 개인의 이익만을 노리고 있는 자에게
귀중한 노하우를 줄 수는 없다.
명의가 제자에게 오묘한 처방을 말하지 않는 것처럼
당신의 명성과 지위를 빼앗기 위해 아첨하는 자들에게는
어느 정도 담장을 쳐야만 한다.

생각 없이 말하는 것은 자신의 위치를 노리는 자에게
날개를 달아주는 어리석은 행동이다.

함부로 말하지 맙시다. 조물주가 사람에게 귀를 두 개 주고 입을 하나만 준 것은, 내가 말을 한 번 할 때 상대방의 말은 두 번 들으라는 의미라고 생각합니다.

말은 돈이 들지 않으므로 밑져야 본전이라고 생각하면서 그저 나오는 대로 내뱉는 사람이 있는데, 이런 행동은 인간관계에서 가장 나쁜 결과를 가져올 수 있습니다. 항상 말을 조심하고, 가려서 말하는 습관을 갖도록 노력합시다.

성공 note

현명한 사람은 입이 무거워서 자신의 노하우를 함부로 말하지 않는다.

인기를 끄는 비결

1. 타인의 이름을 외우는 데 숙달하라.
이것을 잘못하면 당신이 그 사람에게 별로 관심을
갖고 있지 않다는 결론을 내리게 된다.

2. 온화한 인물이 되라.
당신의 존재가 아무런 부담이 되지 않도록 밝고
온화한 인물이 되어야 한다.

3. 항상 평상심을 유지하라.
어떤 일에도 마음이 흩어 지지 않는 편안하고
여유 있는 기질을 익힌다.

4. 잘난 체하지 마라.
자기를 지나치게 자랑하든지 또는 무슨 일이든지
알고 있다는 인상을 주어서는 안 된다.

5. 원만한 인간관계를 형성하라.
사람들이 당신과의 교제에서
어떤 가치를 받을 수 있도록 폭넓은 인맥을 형성한다.

6. 자연스런 모습을 연출하라.
당신의 개성에서 비록 무의식적인 것일지라도
부조화적인 요소를 제거한다.

7. 오해의 소지를 불식시켜라.
당신이 지닌 적이 있거나 또는 현재 지니고 있는
모든 오해를 없애도록 진지하게 노력한다.

8. 호감을 받고 줄 수 있도록 하라.
정말로 그렇게 할 수 있기까지
다른 사람을 좋아하도록 노력하라.

9. 대인관계에서 기회를 놓치지 마라.
기쁜 일을 맞이했거나 성공한 사람에게는 축하의 말을,
슬퍼하거나 실망한 사람에게는 위로의 말을 해주는
기회를 잘 포착해야 한다.

10. 다른 사람의 정신적인 힘이 되어줘라.
다른 사람들에게 마음으로부터 힘이 되고 의지가 된다면
그들은 당신을 자연스럽게 좋아하게 될 것이다.

인기는 자신의 개성을 가장 돋보이게 하는 성공의 자양분입니다. 처세술에 능한 사람일수록 어떻게 해야 인기를 끌 수 있는지 그 노하우가 쌓여 있습니다.

인기가 있으려면 자기만의 매력이 발산되어야 하고, 그 매력은 지덕체(智德體)를 어느 정도 겸비해야 합니다. 무엇보다 벼가 익으면 고개를 숙인다는 진리를 실천하는 자세가 인기의 비결이 아닐까요.

성공 note

인간관계에서 자신을 돋보이게 하는 매력을 키워라.

이미지 가꾸기

일을 하다가 문득 고개를 돌리면
신선한 눈빛과 잔잔한 미소를 머금은 사람이 있다.
그의 논리는 항상 조리 있고
그의 태도에는 언제나 절도가 있다.

업무에 있어서는 뜨거운 정열로
완결의 기질을 유감없이 발휘하고
사람을 대할 때는 인정의 넉넉함이
타인의 뇌리를 따뜻하게 적신다.

화려하지 않으면서 세련된 옷으로
검소의 표상을 만들고
절제 있는 침묵으로 사고의 영위를 확대하며
품위 있는 말로 자신의 인격을 완성한다.

그는 타인의 주장을 겸손과 가슴으로 받아들이는 아량과
자신의 주장은 무리 없이 펼치고
상대방의 감정을 어루만지고 수용하는 능력의 소유자이다.
아름다움을 아름답게 간직하도록 유도하고

생활의 의욕을 누구나 인정하게 하며
의미 있는 행동을 정당하면서도 소탈하게 표현한다.

그는 한 잔의 차로 모든 이의 피로를 청결하게 한다.
그리하여 인간의 표현을 좀더 향상된
진실과 사랑으로 다가서게 하는 매력도 있다.
그는 일상을 예술로, 느낌을 생활의 기쁨으로 전환시킨다.

　　사람들의 개성이 강한 요즘 자신의 이미지를 가꾸는 것
은 인간관계의 필수 요소입니다. 남과 차별화되면서도 부
담스럽지 않고 자연스러운 이미지를 연출하는 것은 인간관
계에 많은 도움을 줍니다.
　　거울을 보면서 자신의 이미지를 한 번 연출해 보십시오.
감성마케팅의 시대, 감정이입을 통해서 자신의 아름다운
모습을 발견하고 이를 잔잔하고 은은하게 상대방에게 돋보
이도록 노력하십시오.

성공 note

자신의 이미지를 연출하는 마케팅 전략을 세워라.

미소의 묘약

미소는 돈으로 지불할 필요가 없는 것이지만
상대방에게 커다란 가치를 주는 묘약이다.

미소는 모든 것들을 풍성하게 키우고,
미소 짓는 사람은 아무 것도 잃지 않는다.

미소는 플래시처럼 순간적으로 사라지지만
받은 이의 기억 속에는 영원히 남는다.

아무리 돈이 있어도 미소 없이는 가난하고,
아무리 가난해도 미소의 공덕으로 풍요로워진다.

-『법구경(法句經)』 중에서

　　돈과 명예의 여신은 항상 홀로 다니지만 사랑의 여신은
늘 돈과 명예의 여신을 함께 동반하고 다닌다고 합니다. 그
만큼 인간 사회에서 사랑은 약방의 감초와 같이 언제 어느
때나 필요한 자양분이라고 할 수 있습니다.
　　그런데 그 사랑의 출발점은 다름 아닌 바로 미소인 것입

니다. 사람을 만났을 때 내부에 숨겨진 사랑과 신뢰의 표출
은 제일 먼저 미소로 나타납니다. 작은 미소로 상대방과의
유대감은 더욱 커지고 변함없는 인간관계를 유지할 수 있
는 윤활유가 됩니다.

성공 note

미소는 상대방에게 신뢰를 주는 묘약이고 서로 간에 유대감을 키우
는 윤활유이다.

사람의 기본은 예절

물고기는 물이라는 공간 안에서만
숨을 쉬며 살 수 있다.
물이 있어야만 고기가 있는, 그래서 물고기이다.

사람은 사회라는 인간관계 속에서만
삶을 영위하며 존재하게 된다.
예절이 없더라도 삶을 영위할 수는 있지만
존재할 수는 없다.
이는 인성(人性)이 죽은 사람이다.

물고기는 물이 없어질 때 죽지만,
사람은 예절이 없어질 때 죽게 되는 것이다.

예의범절이 바른 사람,
그는 넓은 바다의 물고기처럼
어디든지 부드럽게 헤엄쳐 나갈 수 있다.
그리고 그는 비록 예의범절이
나쁜 사람을 만나더라도 이를 용서할 줄 안다.

중국 당나라 때 관리를 등용하는 시험에서 인물평가의 기준으로 삼았던 것이 바로 '신언서판(身言書判)'입니다. 즉, 몸[體貌] · 말씨[言辭] · 글씨[筆跡] · 판단[文理]의 네 가지를 기준으로 삼았습니다.

그 중 가장 나중의 판단력에서는 그 사람의 예의범절을 기준으로 삼았던 것입니다. 예의범절은 인간의 기본의식입니다. 이 기본이 바로선 사람은 언제 어디를 가더라도 늘 조심성 있게 행동하고 사람들에게 사랑을 받습니다.

물고기는 물이 없을 때 죽지만 사람은 예의범절이 없을 때 죽은 것이다.

마음의 문을 열어라

1. 어떤 순간이든지 그 순간에 몰입한다.
2. 자기 자신과 타인을 심판하지 않는다.
3. 가슴이 무엇을 원하는가를 스스로에게 묻는다.
4. 하루에 한 번은 조용한 시간을 갖는다.
5. 앞으로 일어날 것 같은 일 때문에 자신을 괴롭히지 않는다.
6. 마음이 들려주는 교훈에 귀를 기울인다.
7. 때로 자기 자신에게 놀라운 기쁨을 안겨준다.
8. 마음의 눈에서 두려움의 안경을 벗는다.
9. 과거의 상처들에 대해서 벗어난다.
10. 어떤 선택들이 가능한지 스스로에게 말해준다.
11. 마음속에 유머를 나눌 공간을 남겨둔다.
12. 자신을 부드럽게 주장하는 법을 스스로 터득한다.
13. 자신에게 기다림의 기술을 가르친다.
14. 자신에게 노래를 불러주거나 또는 시를 써서 읽어준다.
15. 자신만이 갖고 있는 독특한 능력을 높이 인정한다.
16. 마음에 와 닿는 모든 느낌들을 거부하지 않고 받아들인다.
17. 마음이 내린 결정을 지지한다.

18. 감사할 줄 아는 마음이 얼마나 큰 변화의 힘을 갖는지를 항상 기억한다.

19. 남을 비판하려는 내면의 소리가 들려올 때는 그것을 침묵시킨다.

20. 삶의 조화와 균형을 생각한다.

닫힌 마음의 문을 열려면 먼저 자신의 마음을 풍요롭게 살찌우면서 지식의 문을 늘 두드려야 합니다. 모든 것은 마음먹기에 달려 있으므로 먼저 마음이 여유로워야 하는 일이 재미있고 무엇을 하든 겁이 안 나게 됩니다.

마음을 열면 사람을 만나도 당당해질 수 있습니다. 항상 자신이 최고라는 생각을 가지고 매사에 임합시다. 그러나 섣부른 자만은 금물입니다.

성공 note

마음의 문을 열어야 하는 일이 재미있고 사람들에게 당당할 수 있다.

겸손은 성공의 미덕

노르웨이에서 있었던 일이다.

자동차 대리점에 한 허름한 옷을 입고 장화를 신은 사람
이 들어와 자동차를 사겠다고 하였다. 대리점 주인은 신통
치 않게 생각하고 시큰둥했다. 초라한 차림새를 보고 자동
차를 사봤자 아주 싼 것으로 한 대 살 것이라고 속으로 여
겼다.

하지만 그는 이렇게 말하는 게 아닌가.

"좋은 모델 좀 보여주십시오. 자동차 12대를 사려고 합
니다."

그러자 주인은 화를 내면서 그를 내쫓았다.

"여보세요, 지금 농담할 시간이 없어요. 당신이 어떻게
12대의 자동차를 사겠다는 것입니까? 나가 주십시오."

그는 할 수 없이 밖으로 나와서 맞은편에 있는 자동차 대
리점으로 들어갔다. 그리고 12대의 자동차를 사려고 한다
고 말했다.

그 곳에서는 그를 최고의 귀빈으로 대우하였다. 그는 12
대의 자동차를 구입하고 한꺼번에 24만 달러의 돈을 지불
하였다.

알고 보니 그는 청어잡이 어부였다. 12명이 바다로 출어

하였다가 청어를 엄청나게 많이 잡아 돈을 벌었던 것이다.

　성선설을 주장한 맹자(孟子)는 인간의 심리를 나타내는 사단칠정(四端七情) 중 '겸양의 미덕'을 사람으로서 지녀야 할 가장 기본적인 도리라고 했습니다.
　사람을 외모로 판단하면 성공할 수 없습니다. 이는 실패의 지름길입니다. 항상 겸손으로 자기를 동여매어야 합니다. 특히 사회생활에 있어서는 그 사람의 인격이 제일 중요한 것입니다. 들녘의 벼는 익으면 익을수록 고개를 숙이는 법입니다.

성공 note

사람을 외모로 판단하면 좋은 사람을 사귈 수 없다.

기회를 잡아라

인생은 찬스의 연속이다.
흔히 인생에는 찬스가 세 번 온다고 한다.
사람들은 자신에게 오는 찬스를 잡기 위해 애를 쓰지만,
언제 찬스가 올 것인지는 알 수 없어서 애를 태운다.

찬스를 잡는 가장 쉬운 방법은
매 순간순간을 그대에게 온 찬스라고 생각하고
일에 전력투구하는 것이다.
그러면 항상 찬스의 연속이 될 것이다.

찬스는 어디에서 오는가?
찬스는 만남에서 온다.
사람과의 만남, 에너지의 교류,
여기에 찬스가 있다.

찬스는 사랑에서 꽃 피어난다.
무엇이든 사랑할 수 없다면
사랑하면서 자신의 에너지를 쏟아 부을 수 없다면
찬스는 오지 않을 것이다.

사랑하라! 모든 것을 사랑하라.

그대의 일, 그대의 가족, 그대의 친인척,

그대의 친구, 그대의 이웃,

그대의 직장, 그대의 직장 동료,

길에서 우연히 만난 모든 사람들,

그대가 걸어가고 있는 곳에 있는 모든 것들을.

세상의 모든 것이 그대가 사랑하기만 하면

그대에게 찬스를 가져다 줄 것이다.

위기(危機, Crisis)란 위험(危險, Peril)과 기회(機會, Opportunity)를 복합적으로 의미합니다. 위험을 무난히 견디고 일어서면 그 다음에는 기회, 즉 찬스가 옵니다. 거꾸로 다가온 기회를 흐지부지 놓치게 된다면 곧바로 위기가 닥쳐올 수 있음을 뜻하는 것입니다. 따라서 찬스가 왔다고 생각할 때는 반드시 이를 포착해야 합니다. 세상은 돌고 도는 것인 만큼 위기가 언제 다시 찾아올지 모르니까요.

성공 note

인생에서 자신에게 다가온 기회를 절대 놓치지 말라.

때와 장소에 맞는 웃음

한 번 웃으면 한 번 젊어지고
한 번 성내면 한 번 늙어진다.
웃음은 사람만의 특권이다.
사람 이외의 동물이 웃는 경우는 없다.
살며시 웃는 아름다운 웃음이라는 뜻의 미소는
늘 사람의 마음을 푸근하게 해 주는 신비의 묘약이다.

미소 외에도 예쁘장하게 애교를 부리며 웃는 교소,
떠들썩하게 웃는 홍소, 갑자기 터뜨리는 폭소,
표정을 한껏 지으며 크게 웃는 파안대소,
껄껄 하고 크게 웃는 가가대소,
고개를 젖히고 하늘을 우러르며 웃는
박장대소와 앙천대소가 아름다운 웃음이다.

공격적인 웃음도 있어서 조롱하는 조소,
비웃는 비소, 씁쓸한 고소, 쌀쌀한 냉소가 있다.
자기도 모르게 나오는 실소도 있다.
별로 대단치 않아 한번 웃고 치울 정도의
시시한 일에 대해서는 일소에 붙인다고 한다.

남의 자존심을 자극하는 웃음은 일을 그르치게 한다.
너무 헤프게 웃으면 실없이 보이고
성품이 야무지지 못해 보인다.
너무 신중하게 웃으면 보는 이가 부자연스럽다.
'웃는 얼굴에 침 뱉으랴'고 했지만
때와 장소에 따라서 웃음도 표현을 달리 해야 한다.

　웃음은 기쁨의 정도가 커서 활짝 그 감정의 상태가 드러난 것입니다. 웃음은 사람의 몸에 엔돌핀(Endorphin)을 만들고 활력을 주기 때문에 그 무엇보다도 좋은 보약이라고 합니다.
　하지만 아무리 좋은 웃음도 때와 장소를 가리지 않으면 실없는 사람이 되고 맙니다. 대화 분위기나 주변 상황을 고려해서 적절한 웃음을 표현해야겠죠.

인간관계에서 때와 장소에 따라서 웃음도 표현을 달리 하라.

열린 마음의 신호

미국의 어느 주립대학 간호학과에서 20명의 노인들을 두 팀으로 나누어 임상실험을 했다. 10명에게는 전혀 접촉이 없이 식사만 제공했고, 또 다른 10명에게는 매일 손을 만져 주고 포옹해 주었다.

이 같이 몇 년을 계속한 결과 음식만 제공받은 노인들은 병이 생기고 죽는 사람이 생겼으나, 날마다 사랑으로 접촉해 준 노인들은 무병장수하였다.

스킨십은 서로를 알리는,
서로를 소중하게 생각하는 열린 마음의 신호이다.

스킨십(Skin-ship)은 애정이 깃든 모든 신체적 접촉이며 인간의 의사를 가장 잘 표현할 수 있는 수단입니다. '현대는 스킨십의 시대다.' 라는 말도 있듯이 마음의 접촉 이상으로 긴밀한 감정의 교류를 뜻하기도 합니다.
조직체에서 자연스런 스킨십은 인간관계를 긍정적으로 유발하기 때문에 생활의 윤활유 역할을 합니다.

그러나 일터에서 이성 간에는 자칫 오해를 불러일으킬 수 있으므로 조심해야 합니다. 악수 등 가벼운 터치(Touch)가 바람직합니다.

 성공 note

상대방에게 열린 마음의 신호를 보내라. 긴밀한 감정의 교류가 인간관계를 풍요롭게 한다.

마음을 지혜롭게 여는 방법

고민스러울 때는 심각하게
고민하고 울고 싶을 때는
크게 운 다음 그것들로부터 벗어난다.

자기 자신과 타인을 심판하지 않으며
마음에 어떤 공간을 남겨두고
그 곳에 자신에게 소중한 것들을 넣어둔다.

앞으로 일어날 것 같은 일 때문에
자신을 괴롭히지 않으며
마음의 눈에서 두려움의 안경을 벗는다.

하루에 한 번은 조용한 시간을 갖고
어떤 선택들이 가능한지 스스로에게 말해보고
가슴이 무엇을 원하는가를 스스로에게 묻는다.

부정적인 요소들로부터 자신을 해방시키고
자신을 주장하되 부드럽게 주장하는 법을 터득하고
마음에 와 닿는 모든 느낌들을

거부하지 않고 받아들인다.

자신에게 기다림의 기술을 가르치고
마음이 들려주는 교훈에 귀를 기울이면서
마음이 내린 결정은 무조건 지지한다.

때로 자기 자신에게 놀라운 기쁨을 안겨주기 위해
자신에게 노래를 불러주고
마음속에 유머를 나눌 공간을 남겨둔다.

오늘이 자기 자신에게 하나의 모험이 되게 하고
어떤 순간이든지 그 순간에 몰입하지만
완벽해지려고 하지 않아도 됨을 자신에게 말해준다.

마음속에 있는 순수한 동심을 소중히 여기고
생각 속에서 남을 비판하려는 목소리가
들려올 때는 그것을 침묵시킨다.

자신만이 갖고 있는 독특한 능력을 높이 인정하고
감사할 줄 아는 마음이 얼마나
큰 변화의 힘을 갖는지를 기억한다.

항상 삶의 조화와 균형을 생각하면서
사랑과 행복과 희망과 베풂의 씨앗을 심는 데
몸과 마음을 쏟아 열정적으로 한다.

이 글은 〈불교 경전〉을 읽다가 좋은 말씀을 모은 것입니다. 사람들이 마음을 갈무리하는 방법은 처한 환경과 입장에 따라 다양할 것입니다. 그러나 포용력을 기르고 지덕체(智德體)를 갈고닦는 것은 공통점일 것입니다.

삶이 풍요로우려면 마음이 풍요로워야 합니다. 성공의 반열에 오른 사람들 치고 마음이 좌불안석인 사람은 없습니다. 잔잔한 호수의 물결같이 늘 평정심을 잃지 않으면서 모든 것을 수용할 줄 아는 큰 그릇이 되어야 하겠습니다.

성공 note

마음의 평정심을 유지하며 포용력을 기르고 지덕체를 갈고닦는 것

이 큰 사람이 되는 길이다.

겸허와 확신

어떤 일을 해 나가는 데 있어서는 확신을 가지고
하나의 신념을 키워가는 것이 매우 중요하다.
특히 비즈니스에 있어서 이것은 더욱 중요하다.

신념이 없는 경영, 확신을 갖지 못한 비즈니스는
추진력이 약하고 성과도 오르지 않는다.
그러나 제아무리 중요하다고 해도
막연히 확신을 갖는다는 것은 곤란하다.
필요한 것은 겸허한 마음가짐 위에서
올바로 우러난 확신이어야 한다.

겸허함을 잃은 확신, 그것은 이미 확신이 아니다.
그것은 단지 오만일 뿐이다.
실제로 실패하는 삶들의 면면을 보면 종종
겸허함을 잃어버리고
자신의 의견을 고집하는 경향이 강하다.

그에 반해서 겸허한 마음가짐 위에
차차로 확신이 생기면 그것은 훌륭한 신념이 되어

웬만한 일은 성공을 거둘 수 있다.
아랫사람이 겸허함을 잃으면 윗사람이 일깨워 주의를 주고
또한 자기 자신도 알아차리고 고쳐나갈 수 있다.

그러나 윗사람이 겸허함을 잃으면
누구도 좀처럼 잘못을 말해주지 않으므로
자기 자신이 스스로 타이르고
늘 겸허한 자세로 자문자답하지 않으면 안 된다.

겸허한 마음가짐을 가지면
다른 사람의 훌륭한 점을 이해하게 된다.
겸허함에 정립된 확신이야말로
서로가 높이 키워가야 할 일이다.

－마쓰시다 고노스케(松下幸之助 : 일본, 기업인)

　　마쓰시다 고노스케는 초등학교 4년 중퇴의 학력에도 불구하고 점원으로 시작하여 '마쓰시다 가전왕국'을 건설한 입지전적인 인물입니다. 그가 말한 대로 어떤 일을 실행할 때에는 반드시 성공할 수 있다는 확신을 갖고 임해야 합니다. 그래야만 성공할 확률이 높아집니다.
　　그리고 그런 신념은 겸허함을 동반한 확신이어야 합니